Tatiana de Rosnay

ELLE S'APPELAIT SARAH

Rédactrice : Fabienne Baujault
Illustrations : Jette Jørgensen

EASY READERS · ER · LECTURES FACILES

TATIANA DE ROSNAY
ELLE S'APPELAIT SARAH
Easy Readers, ER B

Rédactrices de série :
Katrine Bruun Rørvig et Janne Elmsted

Maquette de la couverture :
Mette Plesner

Photo de la maquette :
EricVega/iStock,
ThomasDeco/Shutterstock

Illustrations :
Jette Jørgensen

ISBN Danemark 978-87-23-53629-7

www.easyreaders.eu
The CEFR levels stated on the back of the book
are approximate levels.

Easy Readers
EGMONT

Imprimé au Danemark

Tatiana de Rosnay

Tatiana de Rosnay est une journaliste et romancière française. Elle est née à Neuilly-sur-Seine en 1961, d'une mère britannique et d'un père français. Elle a grandi à Boston et à Paris. Elle se décrit elle-même comme « franglaise ». Elle a fait des études littéraires en Grande Bretagne et a travaillé pour différents magazines (Vanity Fair, Elle, Psychologies Magazine, etc.).

Elle écrit son premier roman *Une petite fille nommée Carie* à l'âge de dix ans. Ses autres romans de jeunesse sont enfermés dans une cave avec la mention « Ne pas publier si je meurs ». Depuis 1992, elle publie des romans en français et en anglais. Son premier succès vient avec son roman *Elle s'appelait Sarah*, publié en 2006. Il est traduit dans 38 pays et vendu à 3 000 000 d'exemplaires. En 2010, il a été adapté au cinéma.

Quelques autres titres de l'auteur :
La Mémoire des murs
Boomerang
À l'encre russe
Sentinelle de la pluie

Paris, juillet 1942

La fillette est réveillée par le coup puissant contre la porte d'entrée de l'appartement. Elle croit que c'est son père qui vient de ***la cave*** *et qui a oublié ses clefs. Mais bientôt, elle entend des voix fortes. Ce n'est pas son père. « Police ! Ouvrez ! Tout de suite ! » Son petit frère qui dort à côté d'elle se retourne. « Police ! Ouvrez ! Ouvrez ! »*

Il fait nuit. Elle a peur. Elle pense aux conversations qu'elle a entendues entre ses parents. Ils discutaient dans leur langue ***natale.*** *Son père avait dit que les temps à venir seraient difficiles et qu'il faudrait être très* ***prudent.*** *Il avait aussi dit que seuls les hommes étaient en danger et qu'il irait donc chaque soir se cacher. Le lendemain matin, il avait expliqué à sa fille qu'il était plus sûr qu'il dorme à la cave pendant une période. Elle n'avait pas osé poser de questions.*

« Ouvrez ! Police ! »

Est-ce que la police a trouvé Papa dans la cave ? La petite va chercher sa mère dans sa chambre et toutes les deux se dirigent vers la porte.

« Oui ? » dit la mère.

Une voix d'homme crie son nom.

« Oui, monsieur, c'est bien moi, répond-elle.

- Ouvrez immédiatement. Police. »

La fillette regarde sa mère. Elle est très pâle et a peur. La mère ouvre la porte d'une main ***tremblante.*** *La fillette est surprise. Elle s'attendait à voir des uniformes* ***vert-de-gris.***

la cave, partie d'une maison ou d'un appartement sous la terre
natal(e) ici : la première langue qu'ils ont apprise
prudent(e), faire attention
tremblant(e), qui bouge nerveusement à cause de la peur
vert-de-gris, la couleur des uniformes allemands

Deux hommes sont devant elles. Un policier avec une ***cape*** *bleu marine et un grand* ***képi*** *et un homme vêtu d'un* ***imperméable*** *beige qui tient une liste à la main. Celui-ci répète le nom de sa mère et le nom de son père. Il parle un français parfait. Nous n'avons rien à* ***craindre****, pense la fillette. S'ils sont Français et pas Allemands, nous ne sommes pas en danger. Des Français ne nous feront pas de mal.*

« Mon mari n'est... pas là, dit la mère. Je ne sais pas où il est. Je ne sais pas. »

L'homme en imperméable la pousse pour entrer dans l'appartement.

« Dépêchez-vous, madame. Je vous laisse dix minutes. Prenez quelques affaires, assez pour deux ou trois jours. »

La mère ne bouge pas. Elle regarde le policier sans rien dire. Il lui jette un regard dur et indifférent.

« Vous avez entendu ? Vous nous suivez. Vous et votre fille. »

Paris, mai 2002

Bertrand est en retard, comme d'habitude. Zoë est un peu fatiguée. Je lève les yeux sur le vieil immeuble. La maison de Mamé. L'ancien appartement de la grand-mère de Bertrand. C'est là que nous allons ***emménager*** . Nous allons quitter le boulevard Montparnasse pour cette rue dans le Marais.

« Le voilà, dit Zoë, Avec juste une demi-heure de retard ! »

Il arrive vers nous. Mince, brun et avec beaucoup

craindre, avoir peur de qc ou de qn
emménager, s'installer dans une nouvelle maison ou un nouvel appartement

un képi
une cape
un imperméable

de sex-appeal. Un vrai Français. Il est au téléphone, comme toujours. Il est venu avec son associé Antoine. Tous les deux ont monté un cabinet d'architecture.

« Il pourrait raccrocher ! » dit Zoë, un peu énervée. Zoë n'a que onze ans mais parfois, on a l'impression d'avoir devant soi une adolescente. Elle est grande pour son âge mais il y a aussi quelque chose d'adulte dans son regard.

« Antoine, as-tu les clefs de l'appartement de Mme Tézac ?, demandai-je.

- Bien sûr, je les ai, Julia », dit-il avec un grand sourire. Antoine me répond toujours en anglais quand je lui parle français. Je suppose qu'il le fait ***par gentillesse***, mais cela m'irrite. Cela me donne la sensation que, malgré les années, mon français est toujours aussi mauvais.

Nous montons tous les trois dans un minuscule ascenseur. Je me regarde dans le miroir. Où est la jeune femme de Boston, Massachusetts ? Je vois une femme de quarante-cinq ans aux traits du visage fatigués. Zoé me regarde et dit :

« Maman, même Gwyneth Paltrow aurait l'air d'un zombie dans ce miroir. »

Je souris. C'est typiquement une remarque de Zoë.

La mère se met à pleurer. La fillette de dix ans la regarde très suprise. Elle n'avait jamais vu sa mère pleurer. Dans la chambre, le petit frère dort toujours.

1 *par gentillesse*, pour être gentil

« Mais où nous emmenez-vous ? Ma fille est française, elle est née à Paris. Pourquoi la voulez-vous, elle aussi ? »

Les deux hommes la regardent sans rien dire. Ils sont ***menaçants*** *. Elle retourne dans sa chambre et dit à sa fille :*

« Réveille ton frère. Habillez-vous. Prends quelques vêtements pour vous deux. Dépêche-toi, dépêche-toi, allez ! »

Son frère de quatre ans a très peur quand il voit les deux hommes dans ***l'embrasure de la porte****. Il regarde sa sœur qui s'habille et refuse de bouger.*

l'embrasure de la porte

un ours en peluche

« Je vais aller dans notre ***cachette****, dit-il.*

- Non ! Tu viens avec nous. »

Il se glisse dans le placard ***encastré*** *dans le mur. C'est leur petite maison à eux. Dans ce placard, ils gardent une lampe de poche, des jouets, des livres et une carafe d'eau. La fillette aperçoit son frère dans le noir. Le petit garçon tient son* ***ours en peluche*** *et n'a plus peur.*

menaçants (mpl) ici : ils ont une attitude qui montre qu'ils sont prêts à faire du mal
une cachette, endroit pour se cacher et ne pas être vu
encastré, ici : un placard qui est placé dans un mur

Il est peut-être en sécurité, là, après tout, se dit la fillette. Il y a de l'eau et une lampe de poche. Les hommes ne le trouveront jamais. Elle reviendra le chercher plus tard dans la journée quand elle et sa mère seront autorisées à rentrer. Et Papa, dans sa cave, saura où son fils est caché.

« Tu as peur ?, dit-elle.

- Non, je n'ai pas peur. Ils ne me trouveront pas. »

*Elle referme la porte sur le petit visage blanc, fait un tour de clef et met la clef dans sa poche. La **serrure** est cachée derrière un faux **interrupteur**. Il est impossible de deviner les contours du placard dans le mur.*

La fillette prononce une dernière fois le prénom de son frère et dit :

« Je reviendrai plus tard. Je te le promets. »

une serrure

un interrupteur

Antoine ouvre les ***volets*** et le soleil penêtre dans l'appartement. Les pièces sont vides.

« Ça sent encore comme Mamé », dit Zoë.

les volets (mpl), ils sont placés aux fenêtres – on les ferme le soir et on les ouvre le matin.

« Je suppose que Bertrand et toi voulez tout rénover ?, dit Antoine.

- Je ne sais pas ce qu'il veut faire exactement. C'est son idée de reprendre cet endroit. Moi, je n'avais pas très envie. Je voulais quelque chose de plus... de neuf. »

Antoine sourit.

« Mais ce sera tout neuf quand nous aurons fini.

- Peut-être. Mais pour moi, ce sera toujours l'appartement de Mamé. »

L'empreinte de Mamé est partout même si elle est en ***maison de retraite*** depuis neuf mois. La grand-mère de mon mari a vécu là, des années. Je me souviens de notre première rencontre, seize ans plus tôt. J'avais été impressionnée par les tableaux anciens, les photos de famille, les meubles élégants, le piano et les nombreux livres dans la bibliothèque. C'était là dans cette pièce que je l'avais vue pour la première fois et que je lui avais tendu la main pour dire bonjour.
On ne serre pas la main d'une Parisienne, même la première fois. On l'embrasse sur les deux joues. Mais je ne le savais pas encore, à l'époque.

L'homme en imperméable beige regarde à nouveau sa liste.

« Attendez, dit-il à son collègue, il manque un enfant. Un garçon. »

Il prononce son prénom. La mère regarde vers sa fille. La

l'empreinte, la marque
une maison de retraite, un logement pour les personnes âgées qui ont besoin d'aide

petite pose un doigt sur ses lèvres – geste que les deux hommes ne voient pas.

« Où est le garçon ? », demande l'homme à l'imperméable.

La fillette s'avance vers lui.

« Mon frère n'est pas là, monsieur, dit-elle dans son français parfait. Il est parti à la campagne avec des amis. »

L'homme à l'imperméable la ***fixe*** *attentivement et dit au policier :*

« ***Fouillez*** *l'appartement. Vite. Le père se cache peut-être aussi. »*

Le policier inspecte les pièces une à une. L'autre attend en ***faisant les cent pas.*** *Quand il est de dos, la fillette montre rapidement la clef à sa mère. Papa viendra le chercher plus tard, dit-elle tout bas. Sa mère fait un signe de la tête. D'accord, semble-t-elle dire, j'ai compris où il est. Mais elle se met à* ***froncer les sourcils*** *, à mimer la clef, à demander avec des gestes où elle laisserait la clef pour le père et comment il ferait pour savoir où elle était.*

L'homme se retourne brusquement et les observe. Elles arrêtent de bouger. La fillette regarde l'homme avec de la ***haine*** *dans le regard. Elle le haït comme elle n'a jamais haï personne, encore plus que cet affreux garçon de l'école, Daniel qui avait dit des choses horribles sur l'accent de son père et de sa mère.*

Le policier revient en secouant la tête.

« Il n'y a personne », dit-il.

L'homme à l'imperméable pousse la mère vers la porte. Il demande les clefs de l'appartement. Elle les lui donne, en silence.

fixer, regarder avec insistance
fouiller, regarder partout pour trouver quelque chose ou quelqu'un
faire les cent pas, aller et venir de droite à gauche
froncer les sourcils, contracter les sourcils quand on est mécontent
la haine, le contraire de l'amour

Ils descendent l'escalier, les uns derrière les autres. La fillette pense : comment peut-elle donner la clef à son père ? À la **concierge** *? Mais elle dort encore certainement à cette heure.*

Bizarrement, la concierge est déjà debout et attend derrière la porte de sa **loge.** *La fillette remarque qu'elle a une drôle d'expression sur le visage. Pourquoi est-ce qu'elle ne la regarde pas, ni elle ni sa mère, mais seulement les deux hommes ? Pourtant, la mère avait toujours été gentille avec elle.*

« Savez-vous où sont le père et le fils ? », demande le policier en lui donnant les clefs de l'appartement.

La concièrge **hausse les épaules***.*

« Non, dit-elle au policier. Le mari, je ne l'ai pas beaucoup vu ces derniers temps. Peut-être qu'il se cache. Avec le garçon. Vous pouvez aller voir dans la cave.

- Nous n'avons pas le temps, dit l'homme à imperméable. Nous reviendrons plus tard. »

La concierge dit qu'il y a d'autres familles dans l'immeuble d'à côté. Elle prononce leurs noms avec un **air de dégoût.**

Bertrand glisse son téléphone dans sa poche et me regarde avec un grand sourire. Il a quarante-sept ans et c'est toujours un grand charmeur.

la concierge, elle garde un immeuble et s'occupe, entre autres, du courrier et des poubelles.
une loge, petit appartement où habite le/la concierge
hausser les épaules, expression du corps où on lève les épaules pour marqur du mépris ou de l'indifférence.
un air de dégoût, quand on trouve quelque chose dégoûtant

« Alors ? C'est superbe, non ?, dit-il.

- Superbe, répète Zoë. Antoine vient juste de dire qu'il faut tout refaire. Ce qui veut dire qu'on ne pourra pas déménager avant un an. »

Bertrand éclate de rire. Un rire communicatif. C'est tout le problème avec mon mari. Il a un charme fou. Je me demande de qui il l'a hérité. De ses parents, Colette et Édouard ? Très intelligents et cultivés, mais pas charmants. De ses sœurs, Cécile et Laure ? Bien éduquées, brillantes mais pas charmantes, non plus. Ça doit donc venir de Mamé.

« Antoine est un pessimiste, dit Bertrand en riant. C'est vrai, il y a beaucoup de travail, mais nous prendrons les meilleurs ***ouvriers.*** »

Je regarde ma montre. Deux heures et demie.

« Je dois y aller. J'ai rendez-vous avec Joshua.

- Et qui conduit Zoë à l'école ?, demande Bertrand.

- Papa ! On est mercredi et il n'y a pas d'école le mercredi après-midi. »

Bertrand – comme ses parents – est un défenseur de l'école publique. J'aurais voulu inscrire Zoë dans une école bilingue, mais la famille Tézac n'était pas d'accord. Zoë était Française, née en France, elle devait aller dans une école française. Les Tézac ont oublié que Zoë a une mère américaine. Par chance, l'anglais de Zoë est parfait. Elle rend souvent visiste à mes parents à Boston et elle passe les vacances d'été à Long Island dans la famille de ma sœur Charla.

| *des ouvriers(mpl),* ils travaillent avec leurs mains

De la cour, la fillette voit un voisin en pyjama penché à sa fenêtre. C'est un voisin très gentil. Il est professeur de musique. Il joue du violon et elle aime l'écouter.

« Que faites-vous ? Où les emmenez-vous ? » s'écrit-il.

L'homme à l'imperméable ne répond pas.

« Mais vous ne pouvez pas faire ça, continue le voisin. Ce sont des gens bien ! »

Des **volets** *commencent à s'ouvrir et des visages apparaissent derrière les rideaux. Mais la fillette remarque que personne ne bouge. La mère s'arrête, incapable de continuer à marcher. Elle pleure. Ils la poussent pour la faire avancer. Les voisins regardent la scène en silence. Même le professeur de musique se* **tait** *à présent.*

Soudain la mère se retourne et **hurle** *le nom de son mari. Trois fois. Un homme apparaît, les yeux fatigués. Il s'avance vers les deux hommes et dit qui il est.*

« Emmenez-moi avec ma famille », dit-il.

La fillette met sa main dans celle de son père. Elle se dit qu'elle est en sécurité. Tout cela finira bientôt. Ils reviendront bientôt dans l'appartement et le petit frère sortira de sa cachette. Tout sera comme avant.

La fillette se retourne sur son immeuble. Le professeur de musique lui fait au revoir de la main. Mais son visage est triste. Des larmes coulent sur ses joues, des larmes qu'elle ne comprend pas.

---

des volets, voir note p. 10
se taire, arrêter de parler
hurler, crier très fort

« As-tu rendu visite à Mamé dernièrement ? demandai -je à Bertrand.

- Quoi ?

- Mamé, répétai-je. Je crois qu'elle aimerait beaucoup te voir. Elle serait sûrement heureuse de parler un peu de l'appartement.

- Pas le temps, *amour*. Vas-y, toi !

- Bertrand, j'y vais chaque semaine. C'est ta grand-mère après tout.

- Mais elle t'adore, *Miss America*, dit-il avec un sourire. Et moi aussi, je t'adore, *baby*. »

Il s'avance pour m'embrasser sur les lèvres.

C'est vrai, j'aime beaucoup Mamé – même plus que les parents de Bertrand qui me font toujours sentir d'où je viens, même après vingt-cinq ans passés à Paris.

La fillette tient la main de ses parents. On les fait entrer dans un garage. Elle aperçoit un groupe de gens avec des sacs posés à leurs pieds. Elle remarque qu'il y a surtout des femmes et des enfants. Elle en connaît quelques-uns mais elle n'ose pas les saluer. Après un moment, deux policiers arrivent et appellent des noms. Son père lève la main quand il entend son nom.

La fillette regarde autour d'elle. Elle aperçoit un garçon de son école, Léon. Elle lui sourit. Elle voudrait lui dire que tout va s'arranger et qu'ils vont bientôt rentrer chez eux. Mais Léon la fixe comme si elle était ***folle.***

1 *fou (folle)*, qui a des problèmes mentaux

*Son père se penche vers elle. Il lui demande où est son frère. Elle lui montre la clef. Le petit garçon est **à l'abri** dans leur placard secret, mumure-t-elle. Elle est fière de ce qu'elle a fait. Il est en sécurité.*

*Son père **écarquille** les yeux étrangement. Il lui serre le bras.*

*« Mais ça va aller, dit-elle. Le placard est grand. Il y a assez d'air pour **respirer.** Et puis il a de l'eau et une lampe de poche.*

- Tu ne comprends pas », dit son père.

Elle voit des larmes monter dans ses yeux.

« Papa, dit-elle, nous allons rentrer à la maison, n'est-ce pas ? »

Le père essuie ses larmes et regarde sa fille avec des yeux extrêmement tristes.

*« Non, dit-il, nous ne rentrerons pas. Ils ne le **permettront** pas.*

- Que veux-tu dire, Papa ? Où allons-nous ? Pourquoi on ne rentre pas ? Tu dois me dire ? »

Elle hurle presque les derniers mots. Son père lui dit tendrement :

« Sois courageuse, ma jolie chérie, la plus courageuse que tu peux. »

Elle a si peur qu'elle n'arrive pas à pleurer.

« Mais je lui ai promis que je reviendrai, Papa. J'ai promis ! »

Il recommence à pleurer et ne l'écoute pas. Il a trop peur, lui aussi.

à l'abri, être dans un endroit sûr où il ne peut rien arriver de mal
écarquiller, ouvrir tout grands les yeux
respirer, on respire l'air pur à la campagne
permettre, donner la permission

On les fait tous sortir du garage et on leur donne l'ordre de monter dans des bus garés le long du ***trottoir.*** *Un homme proteste. Un policier le frappe et dit qu'il* ***tirera*** *sur les personnes qui tentent de* ***s'échapper.***

La fillette ne pense qu'à son frère enfermé dans le placard et qui l'attend. Où vont-ils ? Personne ne sait. Ils ont tous peur.

Le bus s'arrête et on les fait descendre. La fille ne connaît pas cette rue. On les conduit vers un grand immeuble clair. Elle voit alors que la rue est pleine de familles comme la sienne, descendant des bus sous les cris de la police. La police française, et elle seule.

Elle tient son père par la main et est brusquement poussée jusque sous une gigantesque ***arène couverte.*** *Une* ***foule*** *est déjà là au centre de l'arène et sur les* ***gradins.***

Son père trouve un endroit où s'assoir.

« Papa, dit-elle, combien de temps allons-nous rester ici ?

- Je ne sais pas, ma chérie.

- Pourquoi sommes-nous là ? »

Elle pose sa main sur ***l'étoile jaune*** *cousue sur sa poitrine.*

« C'est à cause de ça, n'est-ce pas ? dit-elle. Tout le monde ici en porte une. »

Son père sourit tristement.

« Oui, c'est à cause de ça.

- Ce n'est pas juste, Papa. Ce n'est pas juste ! »

Il la prend dans ses bras et dit tendrement :

« Oui, mon amour, tu as raison, ce n'est pas juste ».

Il y a un mois, sa mère a cousu des étoiles sur tous leurs

trottoir, partie de la rue pour les personnes à pied
tirer, ici : tuer avec une arme
s'échapper, quitter un lieu où on est enfermé, p.ex, le lion s'est échappé de sa cage
une foule, beaucoup de gens au même endroit

une arène couverte
les gradins
un fusil
une étoile jaune

vêtements et leur carte d'identité a été tamponnée des mots « Juif » ou « Juive ».

Et puis beaucoup de choses n'ont plus été autorisées à faire. Jouer dans le square. Faire de la bicyclette. Aller au cinéma. Au restaurant. À la piscine. À la bibliothèque. Elle a vu des panneaux un peu partout « Interdit aux Juifs ».

Tellement injuste. Pourquoi eux ? Pourquoi tout ça ? Personne ne peut lui donner une explication.

Joshua attend déjà dans la salle de réunion. Je m'assois entre Bamber, le directeur photo et Alessandra, la responsable des sujets société.

Cela fait six ans que j'écris pour l'hebdomadaire américain *Seine Scenes*. J'écris des chroniques sur les évènements qui peuvent intéresser les expatriés américains. Ce n'est pas un travail facile. Les ***délais*** sont courts. Mais j'aime bien Joshua. C'est un chef très compétent. Il parcourt la liste des articles à venir.

« Julia, dit-il, le soixantième anniversaire du Vél d'Hiv. C'est pour toi. »

Je le regarde sans comprendre ce qu'il dit. Il poursuit :

« La grande ***rafle*** du vélodrome d'Hiver, le 16 juillet 1942. Vél d'Hiv en abrégé. Un célèbre stade couvert où se déroulaient des courses de vélo. Des milliers de familles juives y ont été ***enfermées*** pendant

les délais(mpl), les deadlines
une rafle, opération policière où beaucoup de personnes sont arrêtées
enfermées(fpl), placées dans un endroit sans pouvoir en sortir

des jours dans des conditions ***atroces***. Puis on les a envoyées à Auschwitz où elles ont toutes été gazées. »

Maintenant, je me souviens.

« Ok, alors je fais quoi ?

- Tu peux commencer par trouver des survivants ou des ***témoins***. Puis tu vérifieras les détails de la ***commémoration***. Je veux les faits. Ce qui s'est passé exactement. Les Français sont ***réticents*** quand il s'agit de parler de tout ça, Vichy, l'Occupation...

- Je connais quelqu'un qui peut t'aider, dit Alessandra. Frank Lévy. Il est le fondateur d'une grande organisation qui aide les Juifs à retrouver leurs familles depuis ***l'Holocauste***. »

Je note son nom.

« Et Bamber... de bonnes photos chocs. Il n'y a pas grand-chose mais peut-être que Lévy pourra t'aider.

- Je vais commencer par aller au Vél d'Hiv, dit Bamber.

- Le Vél d'Hiv n'existe plus. Il a été détruit en 1959.

- Où était-ce ?, demandai-je.

- Rue Nélaton, dans le 15e arrondissement.

- On peut y aller. Il y a peut-être des gens dans cette rue qui se souviennent de ce qui est arrivé.

- Si tu veux, dit Joshua. Mais comme je vous l'ai dit,

atroces, horribles
les témoins (mpl), p.ex des personnes qui ont vu un crime
la commémoration, une cérémonie pour se souvenir de personnes ou d'un évènement
réticents, ils ne veulent pas dire tout ce qu'ils savent sur le sujet
l'Holocauste, le massacre des Juifs par les nazis pendant la Seconde Guerre mondiale

c'est un sujet sensible pour les Français. N'oubliez pas que c'est la police française qui a arrêté toutes ces familles juives. Pas les nazis. »

Je me rends compte que je ne sais pas grand-chose sur le sujet. Après la réunion, je vais dans mon bureau et commence à faire des recherches sur Internet. Je lis tout l'après-midi. Quand j'éteins mon ordinateur, je me sens ***lessivée*** et triste par ce que j'ai appris. Plus de quatre mille enfants juifs avaient été enfermés dans le Vél d'Hiv. Presque tous ces enfants étaient français, nés en France. Aucun n'est revenu vivant d'Auschwitz.

La fillette est assise tout près de sa mère. Il n'y a rien à manger, rien à boire. Il fait très chaud. Les grandes portes du stade sont fermées. Tout le long des murs, il y a des policiers avec leurs ***fusils.*** *Il n'y à rien à faire.*

Elle va aux toilettes avec son père. Mais il y a trop peu de toilettes pour autant de gens et les toilettes sont bientôt inutilisables. Les gens ***se soulagent*** *le long du mur. Il règne une* ***puanteur*** *inimaginable. La fillette suit son père à travers la foule pour rejoindre la mère. Les enfants crient qu'ils veulent de l'eau. Des personnes âgées tombent par terre. Personne ne réagit.*

La fillette s'assoit à côté de sa mère. Le père va demander

lessivé(e) (fam), extrèmement fatigué(e)
les fusils(mpl), voir illu p. 19
se soulager, faire ses besoins (pipi et caca)
une puanteur, une très mauvaise odeur

de l'eau à un policier. L'homme lui répond qu'il n'y a pas d'eau pour le moment. Le père dit que c'est ***abominable,*** *qu'on n'a pas le droit de les traiter comme des chiens. Le policier s'éloigne sans rien dire.*

Il commence à faire nuit. La fillette est ***désespérée.***

Quand j'étais une petite fille à Brookline, Massachusetts, je n'imaginais pas qu'un jour, j'habiterais Paris et que je marierais à un Français.

Pendant mon adolescence, j'ai commencé à m'intéresser à la France et à la langue française. Je suis venue vivre à Paris à vingt ans, après avoir obtenu mon diplôme de l'université de Boston, en littérature anglaise. J'ai eu différents petits boulots et j'ai partagé un appartement avec deux Français homosexuels, Hervé et Christophe.

Ce sont de vrais amis. Je vais dîner chez eux ce soir. Hervé et Christophe sont les seuls que je peux appeler à une heure du matin quand je me sens malheureuse à cause de Bertrand.

« Alors, comment ça se passe avec le nouvel appartement ? me demande Hervé.

- Il y a beaucoup de choses à faire. Ça va prendre des mois !

- Et j'imagine que ton architecte de mari est tout excité par la tâche ?

- Oui, il est infatigable. »

abominable, horrible et cruel
désespéré(e), qui a perdu espoir

Hervé me regarde avec attention.

« Juju, dis-moi, tu es sûre que ça va ?

- Oui, Hervé, je vais très bien. »

Mais en fait, je ne vais pas très bien. Tout ce que j'ai appris sur le Vél d'Hiv m'a rendue triste.

« Je connais ce visage, dit Hervé. C'est ta tête de fille triste. Maintenant dis-moi ce qui se passe ».

La fillette met sa tête entre ses genoux en appuyant bien les mains sur ses oreilles. Elle pense aux choses qu'elle aime et à Armelle, sa meilleure amie. Où est-elle en ce moment ? Elles allaient à la même école mais Armelle a quitté l'école au début des vacances. Elle est partie avec ses parents quelque part dans le sud.

« Je vais bien, juste un peu fatiguée, c'est tout. »

Au même moment, on sonne à la porte.

« C'est Guillaume, un nouvel ami, dit Christophe.

- Nous serons seulement tous les quatre, dit Hervé.

- Je te présente Julia Jarmond, dit Christophe. Notre très chère amie journaliste.

- Et vous travaillez sur quoi en ce moment ? », me demande Guillaume lorsque nous passons à table.

« Sur le Vél d'Hiv, dis-je. C'est bientôt le soixantième anniversaire.

- Tu veux parler de cette rafle pendant la guerre ?, demande Christophe.

- Oui, la grande rafle du Vél d'Hiv, dis-je.

- Un coup des nazis, je suppose, dit Hervé.

- C'était la police française, dit Guillaume. Cela s'est passé en plein Paris, dans un stade où se déroulaient de célèbres courses cyclistes.

- Ah oui ? Vraiment ?, demande Hervé.

- Je fais des recherches sur le sujet depuis une semaine. Sur ordre des Allemands, oui, mais exécuté par la police française. Et ce que j'ai lu m'a ***bouleversée.*** »

Guillaume prend la parole.

« En juillet 1995, Jacques Chirac a été le premier président de la République française à attirer l'attention sur le rôle joué par le gouvernement français pendant ***l'Occupation***. Et plus particulièrement à propos de cette rafle. Son discours a fait la une des journaux. »

Guillaume fait une pause et se remet à parler. Il est pâle et regarde son assiette.

« Ma grand-mère avait quinze ans le jour de la rafle. On lui a dit qu'elle était libre parce qu'on ne prenait que les enfants les plus jeunes, entre deux et douze ans, avec leurs parents. Elle est restée seule. Ils ont emmené ses petits frères, sa petite sœur, sa mère, son père, son oncle. C'était la dernière fois qu'elle les voyait. Personne n'est revenu. Personne. »

---

bouleverser, causer une grande émotion
l'Occupation, période pendant laquelle la France a été occupée par les troupes allemandes (1940-1944)

Le matin, le père prend la clef du placard dans la poche de sa fille et va parler à un policier. Il explique qu'il doit absolument aller chercher son fils qui n'a que quatre ans. Il dit qu'il prendra son fils et reviendra immédiatement. Le policier lui rit au nez en disant :

« Et tu crois que je vais te faire confiance, mon pauvre gars ? »

Le père insiste, le policier lui dit de **dégager.** *Le père revient en pleurant.*

La fillette prend la clef et la remet dans sa poche. Elle ne supporte pas l'idée que son petit frère attende seul dans le placard. Il doit avoir faim et soif. Mais d'un autre côté, elle se dit que c'est mieux qu'être ici dans cet **enfer** *de puanteur, de forte chaleur, de* **poussière,** *de gens qui hurlent et meurent.*

La chaleur revient. Elle se demande comment elle va supporter une journée de plus dans cet endroit. Elle est très fatiguée. Elle veut quitter cet endroit horrible et rentrer chez elle.

Pourquoi est-ce si grave d'être juif ?

Elle se rappelle le premier jour où elle a porté l'étoile à l'école.Tous les élèves l'ont regardée quand elle est entrée en classe. Puis elle a vu qu'elle n'était pas la seule. Armelle et d'autres filles en portaient une aussi. Pendant la récré, toutes les filles à étoile se sont regoupées, les autres ne voulaient plus être leurs amies.

Puis, un jour, un garçon, Daniel leur a dit , à Armelle et à elle : « Vos parents sont de sales Juifs, vous êtes de sales Juives ! » Comment ça, sales ? Pourquoi être Juif serait-il être sale ? Cela l'a rendue triste et **honteuse**.

dégager(fam), partir
l'enfer, le contraire du paradis
la poussière, on l'enlève quand on fait le ménage
honteux(se), avoir un sentiment de gêne

Elle a voulu arracher son étoile et a dit à ses parents qu'elle refusait de retourner à l'école. Sa mère lui a dit qu'au contraire, elle devait être ***fière*** *de son étoile.*

Elle repense à son frère. Elle presse la clef dans sa poche.

« Ma grand-mère est vieille maintenant, dit Guillaume. Elle ne veut plus en parler. Mais elle m'a tout raconté à propos de cette journée. Je crois que le pire a été d'avoir survécu alors que tous les autres étaient morts. »

Je ne sais pas quoi dire. Hervé et Christophe non plus.

« Après la guerre, ma grand-mère est allée à l'hôtel Lutetia sur le boulevard Raspail, tous les jours, poursuit Guillaume. C'était là que l'on pouvait obtenir des ***renseignements*** sur ceux qui avaient pu rentrer des camps. Et puis elle a arrêté d'y aller. Elle avait entendu parler de ce qui s'était passé dans les camps. Elle avait compris qu'ils étaient tous morts. »

Nous l'écoutons sans rien dire.

« Vous savez ce que je trouve le plus choquant à propos du Vél d'Hiv ? dit Guillaume. Son nom de code.

- Opération *Vent printanier*, dis-je.

- Un nom charmant, n'est-ce pas, pour une chose aussi horrible, dit-il. La ***Gestapo*** avait demandé à la

fier(-ière), on l'est quand on a réussi à faire quelque chose de difficile
des renseignements (mpl), des informations
la Gestapo, la police politique du troisième Reich

police française de « livrer » un certain nombre de Juifs entre seize et cinquante ans. La police française était décidée à ***déporter*** un maximum de Juifs et pour cela, elle avait aussi arrêté les petits enfants, ceux nés en France. Des enfants français.

- La Gestapo n'avait pas exigé ces enfants ? demandai-je.

- Non, répondit-il. Pas à ce moment-là. La déportation des enfants aurait ***révélé*** la vérité : que les Juifs n'étaient pas envoyés en camps de travail, mais à la mort.

- Alors pourquoi avait-on arrêté les enfants ?

- La police française pensait que les enfants des Juifs, même s'ils étaient nés en France, étaient toujours des Juifs. La France a envoyé environ quatre-vingt mille Juifs dans les camps de la mort. Seuls deux mille d'entre eux ont survécu. Mais presque aucun enfant. »

Guillaume me propose de me montrer des photos de sa grand-mère. Je lui donne mon numéro de téléphone et je rentre.

Bertrand regarde la télévision quand j'arrive.

« Alors ? Comment vont les garçons ?

- Très bien. C'était un dîner parfait. Il y avait un invité très intéressant. Guillaume.

- Ah oui ? ***Homo*** ?

- Non, je ne pense pas. Il nous a raconté l'histoire

déporter, envoyer dans un camp de concentration
révèler, dire quelque chose qui est secret
homo, abréviation de homosexuel

de sa grand-mère qui a échappé à la rafle du Vél d'Hiv en 1942.

- Hmm, fait-il.

- Je travaille sur ce sujet pour le journal. On célèbrera bientôt le soixantième anniversaire.

- Tu crois que le Vél d'Hiv va intéresser tes lecteurs ? C'est du passé maintenant.

- Parce que les Français en ont honte, c'est cela ?

- Non, parce que tout le monde s'en ***fout*** à présent ».

Je me lève, en colère.

« Je pense que tu te ***trompes***. Les gens ne savent pas grand-chose sur le sujet. Même Christophe ignorait à peu près tout et il est Français.

- Évidemment, Christophe ne sait lire que deux mots : Gucci et Prada. »

Je quitte la pièce et vais dans la salle de bains. Pourquoi est-ce que je le laisse parler ainsi ? Parce que je suis folle de lui, bien qu'il soit ***grossier*** et égoïste ? Mais aussi intelligent, beau, drôle et un amant merveilleux. Mais pour combien de temps encore ?

Je me souviens de notre première rencontre. Dans une discothèque à la mode de Courchevel. Nous sommes vite tombés amoureux. Peu de temps après, nous nous sommes mariés. De retour à Paris, j'ai fait connaissance avec la famille Tézac. J'étais si nerveuse la première fois.

J'ai accouché de Zoë après six longues années. Bertrand a longtemps espéré avoir un deuxième enfant.

se foutre de(fam), se moquer de
se tromper, faire une erreur
grossier, vulgaire et malpoli

Moi aussi, d'ailleurs. Ça ne s'est pas fait. Nous n'en avons jamais plus parlé.

Et puis, il y a eu Amélie.

Les jours et les nuits passent. Des gens meurent, d'autres se suicident ou deviennent fous. La mère ne parle plus. Elle pleure en silence et ***prie****.*

Un matin, les ***haut-parleurs*** *leur ordonnent de prendre leurs affaires et de se diriger vers les sorties. Est-ce fini ? On les emmène en bus jusqu'à une gare. Quand elle voit le train, la fillette commence à paniquer. Non, c'est impossible, elle ne peut pas partir. Elle doit rester à cause de son frère. Elle tire sur la manche de son père et* ***murmure*** *le prénom de son frère.*

« On ne peut rien faire, dit-il. Nous sommes avec ton frère. Il est dans nos prières et dans nos cœurs. »

Puis on les pousse dans un train, un train sans sièges. Un train pour le transport des animaux. Qui sent fort et qui est ***dégoûtant.***

un haut-parleur

prier, faire une prière - souvent dans une église
murmurer, dire quelque chose tout bas pour que personne n'entende
dégoûtant(e), très sale

Bamber et moi arrivons dans la rue Nélaton. Nous trouvons une plaque commémorative au coin de la rue.

LES 16 ET 17 JUILLET 1942,
13 152 JUIFS FURENT ARRÊTÉS DANS
PARIS ET SA BANLIEUE, DÉPORTÉS ET
ASSASSINÉS À AUSCHWITZ.
DANS LE VÉLODROME D'HIVER
QUI S'ÉLEVAIT ICI,
4 115 ENFANTS,
2 916 FEMMES,
1 129 HOMMES
FURENT PARQUÉS DANS DES
CONDITIONS INHUMAINES
PAR LA POLICE DU GOUVERNEMENT DE VICHY
PAR ORDRE DES OCCUPANTS NAZIS.
QUE CEUX QUI ONT TENTÉ DE LEUR VENIR
EN AIDE SOIENT REMERCIÉS.
PASSANT, SOUVIENS-TOI !

« Intéressant, dit Bamber. Pourquoi autant de femmes et d'enfants et si peu d'hommes ?

- Des ***rumeurs*** sur une rafle circulaient. La nuit du 16 juillet, la plupart des hommes se sont cachés, ils ne pensaient pas qu'on prendrait les femmes et les enfants.

- Et ensuite ?

rumeurs(fpl), des nouvelles qu'on a entendues sans être sûr si elles sont vraies ou pas

- On a enfermé toutes les familles dans le Vél d'Hiv pendant quelques jours. Puis on les a emmenées dans des camps autour de Paris. Enfin, en Pologne.

- Tu veux dire qu'il y avait des camps de concentration en France ?

- Ces camps sont considérés comme les ***antichambres*** françaises d'Auschwitz. Le plus proche était Drancy. Il y avait aussi Pithiviers et Beaune-La-Rolande. Nous irons les voir. »

Nous faisons une pause dans un café. Le serveur voit les appareils photos et les objectifs de Bamber.

« Touristes ? demande-t-il.

- Non, pas touristes. Nous prenons des photos de ce qui reste du Vél d'Hiv.

- Ah ! On nous demande jamais pour le Vél d'Hiv. Par contre, la tour Eiffel... »

J'ai soudain une idée.

« Vous ne connaîtriez pas quelqu'un qui pourrait nous parler de la rafle ?

- Si. Demandez au marchand de journaux sur votre gauche. Sa mère a vécu ici toute sa vie. Elle doit savoir des choses. »

On lui donne un gros ***pourboire***.

---

antichambre (fpl), ici : des camps qui fonctionnent comme une salle d'attente
un pourboire, l'argent qu'on donne quand on a eu un bon service dans un café par ex.

Ils marchent longtemps de la gare à un petit village. Le voyage en train a duré deux heures environ. Elle pense constamment à son frère. Il pense certainement qu'elle l'a oublié. Cela la rend malade.

Où sont-ils ? Elle suit ses parents, passe devant des ***clôtures de barbelés*** *et voit des rangées de* ***baraquements*** *sombres. Les policiers donnent des ordres en* ***hurlant.*** *Les femmes et les enfants doivent se diriger vers les baraquements à droite et les hommes vers ceux à gauche. Elle regarde son père poussé vers un groupe d'hommes. Elle a très peur.*

Elle prend la main de sa mère. On les pousse vers les baraquements. Ils sont vides et très sales. Au-dessus des barbelés, la fillette aperçoit un village. Elle pense que là-bas, il y a des enfants qui jouent et s'amusent. Elle ne comprend pas pourquoi il y a tant de différences entre ces enfants et elle. On leur donne une soupe, claire et pleine de sable. Rien d'autre. Elle a faim et elle est sale. Elle voudrait se laver, dîner et embrasser son frère. Elle a mal au ventre et ne peut pas dormir. Elle regarde sa mère. Son visage est pâle et maigre. La femme heureuse et souriante n'est plus. Sa mère est déjà comme morte.

La vieille femme est assise dans un fauteuil près de la fenêtre.

« Vous souvenez-vous de quelque chose à propos de la rafle, madame ?, lui demandai-je.

- Oui. Je vais avoir quatre-vint-quinze ans, dit-elle.

clôtures de barbelés (fpl), voir ill. p. 36
baraquements (mpl), voir illu. p. 36
hurler, voir note p. 15

Le 16 juillet 1942, j'avais trente-cinq ans. Et je me souviens de tout. »

Elle fait une pause.

« J'ai été réveillée très tôt par le bruit des bus. J'ai regardé par la fenêtre. Il y avait beaucoup de bus. Puis j'ai vu des gens sortir des bus. Et tous ces enfants. Je suis descendue et j'ai vu les étoiles jaunes. Et là, j'ai compris.

- Saviez-vous ce qui allait arriver à ces gens ?

- Non, pas du tout. Nous pensions qu'on les envoyait travailler. Quelqu'un a dit : « C'est la police française, personne ne leur fera de mal. » Alors, nous ne nous sommes pas ***inquiétés.***

Nouvelle pause.

« Quelques jours plus tard, j'ai vu les familles sortir du vélodrome, et tous ces enfants sales qui pleuraient. Je me sentais ***impuissante.*** Je vois encore les enfants dans les bus. Je ne savais pas où ils allaient, mais j'avais un horrible ***pressentiment.*** Les gens autour de moi disaient que c'était normal.

- Pourquoi croyez-vous qu'ils pensaient ça ?

- On nous avait répété pendant des années, à nous Français, que les Juifs étaient les ***ennemis*** de notre pays. Voilà pourquoi. »

---

s'inquiéter, penser qu'il est arrivé quelque chose de grave
impuissant(e), qui ne peut rien faire pour changer une situation
un pressentiment, un sentiment confus de savoir ce qui va se passer
ennemis (mpl), le contraire d'amis

Elle pense à une seule chose, son petit frère. Peut-être était-il mort de soif ou de faim ? Combien de jours ont passé depuis ce jeudi où des hommes sont venus les chercher ? Une semaine ? Dix jours ?

Un matin, elle apprend que les parents vont être envoyés dans les camps de travail à l'Est et que les enfants les rejoindront plus tard. La fillette est en état de choc.

Des hommes donnent l'ordre aux femmes et aux enfants de sortir des baraquements et de se diriger vers d'autres baraquements. La fillette regarde autour d'elle dans l'espoir de voir son père. ***En vain.***

Elles entrent dans le baraquement. Il y a deux policiers et deux femmes du village. On leur ordonne de donner leur argent et leurs bijoux. La mère et la fillette n'ont rien. Une femme du village ***déchire*** *la robe de la mère et fouille dans ses sous-vêtements. La fillette assiste à la scène, impuissante. Elle a peur. Et s'ils prennent la clef ?*

Mais les policiers ne sont pas intéressés par ce qu'elle a dans ses poches. Elles sortent du baraquement et doivent se mettre en rang. Soudain, des policiers tirent les femmes d'un côté et les enfants de l'autre. On entend des cris et des hurlements. Sa mère est immobile. Elle tient sa main froide. Un policier les sépare violemment. Sa mère se jette sur elle en criant le prénom de sa fille. Elle touche le bras de sa mère une dernière fois avant que des hommes l'emporte en tirant sur sa robe.

Le silence revient. Les enfants d'un côté, les mères de l'autre. Les policiers répètent que les mères et les enfants de plus de douze ans partiront en premier, que les plus jeunes resteront une semaine avant de les rejoindre.

Les portes du camps s'ouvrent et les femmes sortent. Le

en vain, sans résultat
déchirer, tirer sur des vêtements et les mettre en morceaux.

les baraquements
des clôtures
de barbelés

visage de la mère se tourne vers elle une dernière fois. Puis il disparaît.

« Alors, vous avez passé une bonne journée, Mamé ? »

Je m'assois à côté d'elle et prend sa main dans la mienne. Mamé a quatre-vingt-dix ans et commence à perdre la mémoire.

« Comme d'habitude, dit-elle. Et ton mari, il ne vient jamais. Tu as l'air fatiguée. Tout va bien ?

- Ça va.

- Et l'appartement ?

- Ça va être magnifique. Quand ce sera teminé.

- Ma maison me manque. Je me demande si l'appartement manque autant à André. »

André était son mari. Il était mort quand Bertrand était adolescent. Elle aimait beaucoup parler de lui et du passé.

« Mamé, dis-je. Quand avez-vous emménagé rue de Saintonge avec André ? »

Je m'attends à une grimace et un : « Oh, je ne m'en souviens plus... » mais elle répond aussitôt.

« Juillet 1942.

- Juillet 1942 ?

- C'est cela.

- Et comment avez-vous trouvé l'appartement ? C'était la guerre, cela devait être difficile, non ?

- Pas du tout. Il a été libre soudainement. C'est la concierge qui nous en a parlé, Mme Royer, qui connaissait la nôtre. Nous habitions rue de Tourenne dans un tout petit appartement. Alors, c'était une chance et nous avons déménagé. Édouard devait avoir dix ou douze ans à l'époque.

- Mamé, vous souvenez-vous si c'était début ou fin juillet ? »

Elle sourit.

« Je m'en souviens très bien. C'était à la fin du mois.

- Et vous souvenez-vous pourquoi cet appartement s'était soudainement libéré ?

- Bien sûr. Il y avait eu une ***rafle***. On avait arrêté des gens et beaucoup d'appartements étaient donc vides. »

Je suis ***stupéfaite***.

« Mais comment ça s'est passé ?

- Mme Royer a dit à notre concierge qu'un ***trois pièces*** était libre rue de Saintonge. C'est tout.

- Mais Mamé, vous ne pensiez pas que ces gens reviendraient ?

- Nous ne savions rien, rien du tout. »

Puis elle s'arrête de parler.

Cette nuit-là est terrible. Les baraquements ont été vidés. Il ne reste rien. Des enfants pleurent, hurlent et appellent leurs mères. Personne ne s'en occupe. La fillette se demande : ces policiers, n'ont-ils pas de famille ? Pas d'enfants ? Comment peuvent-ils les traiter ainsi ?

une rafle, voir note p. 20
stupéfait(e), très surpris
un trois pièces, un appartement de trois pièces

Le lendemain, elle voit des femmes qui essaient de faire passer des paquets de nourriture à travers le fil barbelé. Mais les policiers leur donnent l'ordre de partir.

Un soir, une fille vient vers elle. Elle s'appelle Rachel et a onze ans.

« Il faut partir d'ici, dit-elle.

- C'est impossible. Les policiers sont armés.

- Moi, je vais ***m'échapper.***

- Et ta mère ? Tu y penses ? Elle va t'attendre dans l'autre camp, comme la mienne.

-Tu as cru ce qu'ils ont dit ? Ils nous ont ***menti*** *, à nous et à nos mères. »*

Rachel lui prend la main et la serre fort.

Le lendemain matin, on les réveille très tôt et des policiers les emmènent dans une autre baraque. Là, on leur ***rase*** *les cheveux. Quand vient son tour, la fillette ferme les yeux. Elle ne veut pas voir ses beaux cheveux blonds tomber sur ses pieds. Puis elle rouvre les yeux. Elle reconnaît le policier de son quartier. Il était si gentil. Sa mère aimait bien discuter avec lui. Elle le* ***fixe*** *sans rien dire. Il est gêné et devient tout rouge.*

Je quitte la maison de retraite et prend la direction rue de Saintonge. Je suis très confuse. Une famille juive a-elle vraiment habité dans l'appartement de Mamé ?

s'échapper, se sauver, voir note p. 18
mentir, dire quelque chose qui n'est pas vrai
raser, couper les cheveux très courts
fixer, voir note p. 12

Comment les Tézac ont-ils pu ***emménager*** sans rien savoir ?

Mon article est presque terminé. Il me reste à visiter les camps du Loiret et de Drancy et mon rendez-vous avec Frank Lévy dont l'association organise les célébrations du soixantième anniversaire de la rafle. Mais maintenant que je sais ce qui s'est passé dans l'appartement, j'ai besoin de tout savoir sur la famille juive qui y a habité.

J'appelle Bertrand.

« Bertrand, sais-tu comment tes grands-parents sont arrivés rue de Saintonge ?

- Non, pourquoi ?

- Je sors de chez Mamé. Elle m'a raconté qu'ils avaient emménagé en juillet 1942, que l'appartement avait été vidé de ses occupants, une famille juive arrêtée pendant la rafle du Vél d'Hiv.

- Et alors ?

- Ça ne te choque pas que ta famille ait pris cet appartement alors qu'elle savait que ses occupants juifs avaient été arrêtés ?

- Non, ça ne me choque pas. Je ne savais pas. Je suis sûr que beaucoup de Parisiens ont fait la même chose.

- Je veux juste savoir ce qui s'est passé. Je n'arrive pas à comprendre.

- Il faut que j'y aille, mon amour. À ce soir ! »

| *emménager,* voir note p. 6

Rachel l'a **convaincue.** *Elles vont s'échapper. C'est ça ou mourir. Elles ont remarqué une ouverture dans la clôture de barbelés, assez large pour passer de l'autre côté en* **rampant.**

Le camp est silencieux. Il fait très chaud. Les policiers sont dans un des bâtiments.

« Essayons maintenant », dit Rachel. Elles rampent dans l'herbe et arrivent à la petite ouverture. Rachel est à moitié engagée dans le passage. Soudain, la fillette entend des pas dans l'herbe.

« Vous allez où ? »

Un policier la soulève pas le col de son chemisier et ensuite, il tire Rachel vers lui. Elles sont maintenant toutes les deux face à lui. Rachel pleure. La fillette a très peur mais essaie de ne pas le montrer.

La fillette regarde enfin le visage du policier. C'est le jeune policier de son quartier. Il la reconnaît aussi. Elle s'aperçoit qu'elle n'a pas peur de lui. Elle met une main sur son bras. Il est supris et embarrassé.

« Tu te souviens de moi, n'est-ce pas ? »

Il **hoche** *la tête. Elle sort la clef de sa poche.*

« Tu te souviens aussi de mon petit frère ? »

Il hoche la tête encore une fois.

« Il faut me laisser partir, monsieur. C'est mon petit frère. Il est à Paris. Tout seul. Je l'ai enfermé dans le placard parce que je ... Je dois y retourner. Laisse-moi passer. Tu diras que tu n'a rien vu.

- Je ne peux pas faire ça, dit-il. J'ai des ordres. »

Elle pose sa main contre sa poitrine.

« S'il te plaît, monsieur », dit-elle doucement.

convaincre, persuader
ramper, se déplacer sur le ventre
hocher, faire oui de la tête

L'homme regarde autour de lui. Il est troublé. Soudain, il prononce son nom.

« Vas-y, dit-il. Vite ! »

Il soulève le barbelé et la pousse de l'autre coté. Elle se relève. Elle est libre.

*Rachel est **stupéfaite**.*

« Je veux y aller aussi, dit-elle.

- Non, toi, tu restes.

- Ce n'est pas juste. Pourquoi elle et pas moi ?

- Je t'en prie, laisse la partir, monsieur », dit la fillette. Le policier est embarrassé. Mais il n'hésite pas longtemps.

« Allez, vas-y. »

Et il pousse Rachel devant lui. Rachel rampe et arrive bientôt près de la fillette.

Le jeune homme fouille dans sa poche et donne quelque chose à la fillette.

« Prends-ça. »

*La fillette regarde les **billets** et les met dans sa poche.*

*« Courez ! Vite. Arrachez vos étoiles. Soyez **prudentes** ! Bonne chance ! »*

Pas le temps de dire merci et au revoir. Les fillettes s'éloignent du camp le plus vite possible.

Je suis ***enceinte***. Je n'arrive pas à y croire. Fille ou garçon, cela m'est égal. Je suis très heureuse. Un

stupéfait(e), voir note p. 38
les billets(mpl), de l'argent
prudents(es), voir note p. 5
enceinte, qui attend un bébé

deuxième enfant. Ce que nous attendions depuis si longtemps. Ce que nous n'espérions plus.

Comment annoncer la nouvelle à Bertrand ? Je réserve une table dans notre restaurant préféré, appelle la baby-sitter pour garder Zoë et préviens Bertrand de me rejoindre au restaurant à vingt et une heures.

Les deux filles s'arrêtent un moment. Elles ont couru longtemps et sont ***épuisées.***

« Enlevez votre étoile » a dit le jeune policier. Rachel et la fillette regardent leur étoile et tirent dessus.

Elle se sent ***honteuse.*** *Sa mère avait dit qu'il fallait être fière de son étoile. Fière d'être juive. Mais elle n'a pas envie de penser à tout ça. Tout est différent maintenant.*

Rachel dit : « C'est vrai pour ton petit frère ? Il est vraiment dans le placard ? »

La fillette fait signe que oui et se met à pleurer. Puis elle essuie ses larmes. Elle se dit qu'elle n'est plus un bébé, que ses parents seraient fiers d'elle parce qu'elle avait réussi à s'échapper du camp.

Il faut trouver de l'eau, à manger et un ***abri.*** *Puis, pour la fillette, vite rentrer à la maison. Elles ne sont pas loin du village « Beaune-la-Rolande » mais elles décident de ne pas y aller. Le village est trop près du camp.*

Elles marchent longtemps et arrivent dans une forêt. Elles

épuisées(fpl), très fatiguées
honteux(-se), voir note p. 26
un abri, un endroit où on est en sûreté

mangent des fraises des bois et boivent l'eau claire et fraîche d'un petit lac. Ensuite, elles se reposent dans l'herbe fraîche.

Bertrand arrive en retard, comme d'habitude.

« Alors ? dit-il. Pourquoi sommes-nous là, mon amour ? Quelque chose de spécial ? Une surprise ?

- C'est ça. Une surprise très spéciale. Trinquons ! »

Je prends sa main.

« Bertrand, je suis enceinte. »

J'attends sa réaction. Il ne bouge pas.

« Enceinte ? C'est merveilleux, non ? »

Il ne dit rien. Sa réaction m'inquiète.

« Qu'est-ce qui ne va pas ? Je pensais que tu serais heureux.

- Julia, je vais bientôt avoir cinquante ans.

- Et alors ?

- Je ne veux pas être un vieux père.

- Oh, je t'en prie. »

Silence.

« On ne peut pas garder ce bébé, Julia, dit-il. Zoë sera bientôt adolescente. Tu as quarante-cinq ans. Il n'y a pas de place pour un bébé dans notre vie.

- Essaies-tu de me dire que je dois me faire ***avorter*** ? », dis-je en pleurant.

Bertrand dit qu'il m'aime. Moi, je suis profondément triste.

---

1 *avorter,* faire expulser un embryon ou un fœtus

Il fait nuit quand les filles se réveillent. La forêt n'est plus un paradis vert et tranquille mais un endroit avec des bruits étranges. Elles marchent main dans la main. Elles arrivent à un chemin. Soudain, elles voient une voiture. Puis une autre voiture, puis encore une autre.

*« **À plat ventre !** » **murmure** la fillette et tire Rachel par la chemise.*

Elles s'allongent sur le ventre. Des soldats allemands. Une patrouille de nuit.

Elles voient les voitures passer devant elles. Elles ont très peur. Mais la dernière voiture passe et le silence revient.

*Il est tard. Elles continuent de marcher. Elles sont fatiguées et affamées. Elles arrivent à une grande maison. Devant la maison, elles voient une **niche.** Elle est vide. Elles entrent à l'intérieur et s'endorment aussitôt.*

Le lendemain matin, elles sont réveillées par un chien qui aboie. Puis elles entendent une voix d'homme et des pas qui approchent.

« Regardez-moi ce que nous avons ici ! » dit l'homme en regardant dans la niche.

Les fillettes ont très peur.

« Vous êtes perdues ?, demande l'homme.

- S'il vous plaît, monsieur, nous avons très faim, dit Rachel.

- Je vois ça. Entrez, les enfants. »

L'homme fait un grand sourire.

« Geneviève ! », appelle-t-il.

Une femme âgée arrive. Elle aperçoit les filles.

« Grands dieux ! dit-elle. Jules, sont-elles...

- Oui, je crois.

- Il faut les cacher tout de suite. Vite, les enfants, venez. Vous êtes en sécurité ici. »

à plat ventre, s'allonger par terre sur le ventre
murmurer, voir note p. 30
une niche, les chiens dorment dedans

J'ai très mal dormi. La position de Bertrand m'a tellement ***bouleversée.*** J'ai rendez-vous avec Franck Lévy. Guillaume m'appelle sur le chemin du travail. Il a trouvé des livres qui pourront m'intéresser. Nous nous donnons rendez-vous à dix-huit heures. Puis le téléphone sonne de nouveau. C'est mon beau-père, Édouard. Je suis surprise. Il m'appelle rarement.

« Ma mère m'a dit que vous lui aviez posé plein de questions sur l'appartement de la rue de Saintonge.

- Eh bien, c'est vrai. C'est parce que je fais des recherches sur le Vél d'Hiv pour mon journal. ***La coïncidence*** m'a frappée.

- La coïncidence ?, répète Édouard

- Oui, parce ce qu'une famille juive y vivait juste avant votre famille et qu'elle a été arrêtée pendant la rafle.

- Julia, ne lui parlez plus de ça, s'il vous plaît. Cela l'a bouleversée.

- C'est d'accord. Je ne voulais pas lui faire de mal. Je voulais juste savoir si Mamé savait quelque chose sur cette famille juive. Et vous, Édouard ? Vous savez quelque chose ?

- Désolé, je dois y aller maintenant. Au revoir, Julia. »

Je suis ***intriguée.*** Est-ce qu'Édouard a peur que je découvre quelque chose ?

bouleversé(e), voir note p. 25
une coïncidence, quand des évènements se produisent en même temps
intrigué (e), curieux de savoir quelque chose

J'arrive dans le bureau de Franck Lévy.

« Vous voulez des renseignements sur les camps du Loiret ?, demande-t-il.

- Oui, sur Beaune-la-Rolande et Pithiviers. Ces camps servaient à quoi ?

- Il s'agissait de camps militaires construits en 1939 pour garder les prisonniers allemands. Mais sous le gouvernement de Vichy, on y a envoyé des Juifs, dès 1941. Les nazis avaient ordonné qu'on déporte les adultes immédiatement. Pas les enfants. On a donc directement envoyé les parents à Auschwitz et les enfants ont été abandonnés à eux-mêmes dans des conditions sanitaires ***atroces***. Plus tard, les enfants aussi ont été déportés à Auschwitz et directement envoyés dans les chambres à gaz. »

Je suis totalement ***déprimée*** .

Les fillettes se jettent sur la nourriture. Soupe, pain, fromage, fruits. Geneviève les emmène ensuite prendre un bain. La fillette raconte le grand endroit où on les a enfermés, elle et beaucoup d'autres, pendant des jours, sans eau ni nourriture, le trajet en train, le camp, la séparation d'avec les parents et finalement la ***fuite.***

« Tu t'appelles comment, petite ?

- Sirka, dit la fillette.

- Quel joli prénom ! »

atroces(pl), voir note p. 21
déprimé(e), qui ressent une grande tristesse
la fuite, quand on s'échappe, voir note p. 18

La fillette prend plaisir à se laver dans l'eau chaude.

« Madame, pourriez-vous m'aider à aller à Paris ?

- Tu veux vraiment rentrer à Paris ?

- C'est mon petit frère, Michel. Il est encore dans l'appartement. À Paris. Il est enfermé dans un placard. J'ai promis de venir le chercher. »

Geneviève l'écoute avec attention.

« Sirka, depuis combien de temps ton frère est-il dans le placard ?

- Je ne sais pas. Je ne me souviens pas. »

D'un coup, elle réalise que Michel est mort. Il est trop tard. C'est sa faute. Elle se met à pleurer. Geneviève la prend dans ses bras et l'allonge dans un lit. Elle continue de pleurer et finit par s'endormir.

Elle se réveille de bonne heure et descend dans la cuisine. Jules et Geneviève sont là.

« Je sais que vous pensez que mon frère est mort, dit-elle. Mais je veux tout de même rentrer à Paris. Je dois savoir.

- Sirka, nous vivons au sud d'Orléans. Vous avez beaucoup marché, toi et Rachel.

- Je dois partir. Il y a sûrement des trains pour aller d'Orléans à Paris. Dites-moi juste comment aller à la gare. »

Soudain, ils entendent Rachel qui crie à l'étage. Ils montent dans sa chambre. Elle a une forte fièvre.

« C'est la **dysenterie.** *Elle a besoin d'un docteur, dit Geneviève.*

- Je vais au village voir si le Dr Thévenin est là », dit Jules.

Il revient une heure plus tard.

« Notre docteur n'est pas là. Je suis allé à Orléans. J'ai trouvé un jeune médecin. »

| *la dysenterie,* maladie où le patient a une forte diarrhée

Quand il arrive, Geneviève demande à Sirka de se cacher dans la ***cave.***
« On ne connaît pas ce docteur. Il faut être **prudent** *», dit-elle.*
Le docteur demande d'où vient Rachel. Jules répond calmement que c'est la fille d'un voisin qui est parti à Paris quelques jours.
Le médecin rit méchamment. Il parle du Maréchal Pétain et de la vision nouvelle de la France.
Après son départ, Jules tremble.
« Geneviève, dit-il. Qu'avons-nous fait ? »

« Il y a quelque chose que je voudrais vous demander, monsieur Lévy. Quelque chose qui n'a rien à voir avec mon article.

- Je vous en prie, dites.

- Si je vous donne l'adresse exacte d'une famille juive arrêtée le 16 juillet 1942, pourrez-vous m'aider à retrouver sa ***trace*** ?

- Une famille du Vél d'Hiv ?

- Oui. C'est important.

- Oui, je peux vous donner le nom de cette famille. »

Je lui donne l'adresse. Il écrit le nom et le numéro de la rue sur son ordinateur et imprime le document.

la cave, voir note p. 5
prudent(e), voir note p. 5
la trace, ici : retrouver des informations sur des personnes

STARZYNSKI

Wladyslaw, né à Varsovie en 1910. Arrêté le 16 juillet 1942. Vél d'Hiv. Beaune-la-Rolande. ***Convoi*** *no 15, 5 août 1942.*

Rywka, née à Okuniew en 1912. Arrêtée le 16 juillet 1942. Vél d'Hiv. Beaune-la-Rolande. Convoi no 15, 5 août 1942.

Sarah, née à Paris en 1932. Arrêtée le 16 juillet 1942. Vél d'Hiv. Beaune-la-Rolande.

L'imprimante sort aussi une photographie. Une petite fille d'une dizaine d'année. La légende dit : *juin 1942, école des Blancs-Manteaux. Juste à côté de la rue de Saintonge.*

La fillette a les yeux clairs, des cheveux blonds, un beau sourire. Sur sa poitrine, l'étoile jaune.

Sarah Starzynski. Un an plus jeune que Zoë.

Je sais que le convoi no 15 a fini a Auschwitz.

« Mais pour Sarah, il n'y a pas de numéro de convoi », fais-je remarquer à Franck Lévy.

« Cela veut dire qu'elle n'est montée dans aucun train pour la Pologne, dit-il.

- Elle s'est échappée ?

- C'est difficile à dire. Elle a peut-être été recueillie par une famille. Je ne sais pas. »

Je quitte le bureau de Franck Lévy et retrouve

1 *un convoi*, groupe de trains qui ont la même destination

Guillaume au Select. Il me donne des livres intéressants. Je lui raconte ce que j'ai appris avec Franck Lévy.

« Pourquoi est-ce si important pour vous, Julia ?, me demande Guillaume.

- Je veux savoir ce qui est arrivé à cette petite fille.

- Je comprends, mais faites attention quand vous interrogez la famille de votre mari.

- Je suis sûre qu'ils me cachent quelque chose. »

Guillaume me regarde avec un air très sérieux.

« Soyez prudente, Julia. Parfois, c'est mieux de ne rien savoir. »

Jules et Geneviève voudraient déplacer Rachel, mais elle est trop faible et ils la laissent dans son lit. Jules se tourne vers la fillette.

« Va te cacher à nouveau dans la cave, derrière les sacs de pommes de terre. Les Allemands vont venir. »

Soudain, le chien se met à aboyer. La fillette descend vite se cacher. Elle entend des pas et la voix de Jules.

« Oui, lieutenant, il y a, ici, une enfant malade.

- Où est-elle ?

- À l'étage. »

Les hommes montent. Ils sortent Rachel du lit. Elle crie.

« Je vous en prie, n'emmenez pas la petite ! Elle est trop malade », dit Geneviève d'une voix pleine de larmes.

« Madame, cette enfant est juive. Elle s'est certainement échappée d'un camp. Elle n'a rien à faire dans votre maison. »

Un soldat se dirige vers la cave. Il entre avec sa lampe de poche et fait le tour de la cave. La fillette est terrorisée. Elle est immobile. Puis elle l'entend remonter l'escalier. Elle est ***soulagée*** *et commence à pleurer en silence.*

Elle entend du bruit dans la cuisine. Puis c'est le silence.

Jules vient la chercher.

« Ils ont pris ton amie. Elle va mourir », dit Geneviève en larmes.

Elle prend la main de la fillette.

« Ma petite Sirka, tu as été très courageuse dans la cave.

-S'il vous plaît, ne m'appelez plus Sirka. C'est mon surnom de bébé. Mon nom est Sarah Starzynski. »

Sarah Starzynski. Est-elle encore vivante ? Elle aurait soixante-dix ans aujourd'hui.

Le matin, je vais à Drancy avec Guillaume. Nous visitons le petit musée du Mémorial de Drancy. Il y a des photos, des articles et des étoiles jaunes. C'est la première fois que j'en vois des vraies. Je suis mal à l'aise. Le camp n'a pas changé. C'est aujourd'hui des ***logements***. Guillaume est très troublé.

L'après-midi, Bamber et moi allons à Beaune-la-Rolande. Je suis fatiguée. J'ai passé une mauvaise nuit. Discussion avec Bertrand jusqu'à une heure du matin. Il ne veut pas de l'enfant et a dit que c'était fini si je décidais d'avoir cet enfant malgré lui. Fini entre nous.

Nous arrivons à Beaune-la-Rolande, petite ville triste. À la place du camp, il y a un lycée technique. La

soulagé(e), qui n'a plus peur
logements (mpl), des bâtiments pour habiter

gare est ***désaffectée***. Mon cœur se serre. C'est d'ici que des trains sont partis pour Auschwitz.

Sarah dort mal. Elle pense à Rachel. Où est-elle ? Comment va-t-elle ? Et sa mère ? Et son père ? Et tous les enfants du camps ? Elle n'a pas envie de penser à ses parents. Ça fait trop mal.

Elle se lève et met les vêtements que Geneviève a préparés pour elle. Après le petit déjeuner, elle dit qu'elle va partir pour Paris.

« Oh, mais tu ne peux pas faire ça, dit Geneviève. Il y a des contrôles sur la route et les trains sont surveillés. Tu n'as pas de papiers. On t'arrêtera et on te renverra au camp.

- Je dois rentrer. »

Elle se lève et se dirige vers la porte.

« Attends ! dit Jules.

- Non. Je ne peux plus attendre. Je vais à la gare.

- Tu ne sais pas où c'est.

- Je me débrouillerai. Au revoir et merci. »

Jules et Geneviève la regardent partir. Soudain, ils prennent une décison. Ils ferment la porte à clef et courent vers Sarah.

« On vient avec toi », dit Jules avec un grand sourire.

Nous passons devant un monument en marbre noir, érigé en 1965 par le maire de Beaune-la-Rolande. Il y

1 *désaffecté(e)*, qui ne fonctionne plus

a beaucoup de noms inscrits. « Starzynski, Wladyslaw. Starzynski, Rywka » sont là.

Il y aussi une autre inscription : « À la mémoire des 3 500 enfants juifs internés à Beaune-la-Rolande et Pithiviers, déportés et exterminés à Auschwitz » avec une liste des enfants morts dans le camp.

Le nom de Sarah n'est pas sur la liste. Est-elle en vie ?

Il y a beaucoup de bruit à la gare d'Orléans.

« Si on te demande quelque chose, tu es notre petite-fille et tu t'appelles Stéphanie Dufaure, murmure Jules.

- Vous avez une petite-fille en vrai ? demande Sarah.

- Non, nous n'avons que des petits-fils, Gaspard et Nicolas, dit Geneviève. Et un fils, Alain. Il vit à Orléans avec sa femme Henriette. »

Ils achètent leurs billets et montent dans le train. Des soldats allemands montent aussi. Sarah donne discrètement son argent à Jules. Il est surpris.

« Ils vont vous demander mes papiers. Cela aidera peut-être. »

Le train arrive à Paris, gare d'Austerlitz. Jules tremble. Des policiers contrôlent les papiers des voyageurs. Geneviève ne dit rien. Sarah tient fort la main de Jules.

Jules donne au policier les papiers d'identité qu'il a mis dans une ***enveloppe****. L'homme tourne les pages en regardant le visage de Jules, puis de Geneviève. Puis il dit :*

« Et l'enfant ? »

Jules montre l'enveloppe en disant :

« Ceux de l'enfant sont là, monsieur. Avec les nôtres. »

| *une enveloppe*, voir illu p. 57

L'homme ouvre l'enveloppe et voit un grand billet de banque. Il regarde le billet puis Sarah. L'homme ***hoche*** *la tête. Il donne les papiers à Jules et met l'enveloppe dans sa poche. Puis il les fait passer.*

« Merci, monsieur », dit-il avant de passer à la personne suivante.

« Julia, tu es sérieuse ?, dit Charla au téléphone.

- Oui, il a dit qu'il me quitterait si je gardais le bébé, répondis-je.

- Ne laisse pas Bertrand décider à ta place, Julia. C'est aussi ton enfant. »

Toute la journée, je pense aux paroles de ma sœur. C'est le jour de la visite à Mamé. Je suis fatiguée. Mon beau-père est là, dans la chambre. Nous restons ensemble un moment puis il me fait un sourire étrange.

« Je dois vous parler, Julia », dit-il tout bas.

J'embrasse Mamé et suis mon beau-père jusqu'à sa voiture.

« J'ai parlé à Zoë, hier. Elle m'a dit que vous faites des recherches sur l'appartement.

- Oui, je connais maintenant le nom de la famille qui y vivait avant vous. »

Édouard tremble.

« Mamé ne sait pas. Personne ne sait. Elle ne doit pas jamais savoir, dit-il.

- Savoir quoi ? De quoi parlez-vous Édouard ?

1 *hocher,* voir note p. 41

une
enveloppe

Julia, vous savez quelle était cette famille. Vous savez ce qui est arrivé, c'est ça ? »

Je suis ***stupéfaite*** et ne peux rien dire.

« La petite fille, dit-il, elle est revenue. Quelques semaines après notre ***emménagement*** . Elle est revenue rue de Saintonge. J'avais douze ans. Je n'oublierai jamais Sarah Starzynski. »

Je le regarde sans dire un mot. Des larmes coulent sur son visage. J'ai devant moi quelqu'un qui porte un secret depuis soixante ans.

Jules, Geneviève et Sarah prennent le métro jusqu'à la rue de Saintonge. Sarah sent son cœur battre fort. Le numéro 26 apparaît devant eux. Jules pousse la lourde porte. Mme Royer ouvre la porte de sa loge. Sarah lâche la main de Jules et court dans l'escalier.

« Vous cherchez quelqu'un ?, demande la concierge.

- Nous cherchons la famille Starzynski, dit Jules.

*- Partis », dit-elle avec un rire **méchant.** Sarah arrive au quatrième étage. Elle frappe à la porte de l'appartement de ses parents. Un jeune garçon de douze ou treize ans apparaît.*

« Oui ?

- Je viens chercher mon frère. Qui êtes-vous ? Où est Michel ?

- Votre frère ? dit le garçon. Il n'y a pas de Michel ici. »

Elle le pousse pour entrer et court dans sa chambre. Le

stupéfait(e), voir note p. 38
un emménagement, quand on s'installe dans un nouveau logement avec ses meubles
méchant, ici: pas agréable, pas gentil

garçon appelle son père. Elle entend la voix de Jules, de Geneviève et d'un ***inconnu.***

Elle ***murmure*** *le nom de son frère. Michel, Michel, c'est moi, Sirka...*

Le garçon arrive en courant.

« Que faites-vous dans ma chambre ? »

Elle sort la clef et l'introduit dans la serrure. La porte du placard secret s'ouvre. Une odeur de ***pourriture*** *la frappe fortement. Sarah tombe à genoux et se met à trembler.*

Un grand homme suivi de Jules et Geneviève entrent dans la chambre. Jules s'approche de Sarah et la prend dans ses bras.

« Viens, Sarah, viens avec moi... »

Elle refuse de quitter la pièce. Elle revient devant la porte ouverte et aperçoit un petit corps immobile puis le visage ***méconnaissable.*** *Elle s'effondre en criant.*

« Je l'entends encore ***hurler***. Je ne pourrai jamais oublier », dit Édouard.

Je suis KO. Sarah Starzynski s'était échappée de Beaune-la-Rolande. Elle était revenue rue de Saintonge. Là, elle avait fait une terrible découverte.

« Il y avait une odeur ***atroce*** dans le placard. Mon père a sorti le corps d'un petit garçon. Nous étions

un inconnu, une personne que l'on ne connaît pas
murmurer, voir note p. 30
la pourriture, quand quelque chose est pourri, p.ex une vieille pomme
méconnaissable, qu'on ne peut pas reconnaître
hurler, voir note p. 15
atroce, voir note p. 21

tous horrifiés. La fillette s'est ***évanouie.*** Mon père l'a mise sur mon lit. Le couple qui l'accompagnait a raconté son histoire. L'enfant mort était son petit frère. Notre nouvel appartement avait été sa maison. Elle l'avait caché dans le placard le jour de la rafle du Vél d'Hiv, le 16 juillet. La fillette avait pensé qu'elle reviendrait vite le chercher mais elle avait été emmenée dans un camp, en dehors de Paris. »

Édouard fait une pause.

« Et alors ? Que s'est-il passé ? dis-je.

Le couple habitait Orléans. La fillette s'était échappée d'un camp et était arrivée chez eux. Ils avaient décidé de la ramener chez elle, à Paris. Mon père leur a expliqué que nous ignorions tout du placard. J'avais bien remarqué une odeur désagréable, mais nous pensions que c'était un problème de ***tuyauterie***.

- Qu'avez-vous fait du petit garçon ?

- Le couple a emporté le corps.

- Et ensuite ?

- Julia, est-ce que vous pouvez imaginer dans quel état nous étions quand la petite fille est partie ? Elle nous détestait. Pour elle, nous étions responsables de la mort de son frère. »

Silence pendant un moment.

« Après leur départ, mon père a pleuré. Je ne l'avais jamais vu pleurer. Il m'a dit qu'il savait que c'était une famille juive qui avait habité dans l'appartement avant. Mais il avait fermé les yeux, comme beaucoup de Parisiens.

s'évanouir, se sentir très mal et perdre conscience
la tuyauterie, c'est l'ensemble des tuyaux où passe p ex. l'eau dans une maison

- Et Mamé ?

- Elle n'était pas à la maison cet après-midi-là. Mon père ne voulait pas qu'elle sache. Il m'a dit que j'étais assez grand pour garder un secret. Je lui ai promis.

- Et elle l'ignore encore ?

- Je ne sais pas, Julia.

- Et Bertrand ? Et les filles ? Et Colette ?

- Ils ne savent rien. J'avais promis à mon père de ne rien dire. Vous comprenez ?

- Bien sûr.

- Et qu'est-il arrivé à Sarah ?

- De 1942 à sa mort, mon père n'a plus jamais prononcé son nom. »

Silence à nouveau.

« Julia, je sais que mon père a laissé des papiers confidentiels à la banque. Je ne les ai pas lus. Il y a peut-être quelque chose sur Sarah. Je vais y aller et je vous tiens au courant. »

Le lendemain, en rentrant à la maison, je reçois une grande enveloppe. Je l'ouvre. Elle contient un dossier avec le nom « Sarah ». Merci Édouard, pensai-je.

Dans le dossier, il y a douze lettres datant de septembre 1942 à avril 1952. Elles sont écrites par Jules Dufaure. Je suppose que c'est l'homme qui avait ramené Sarah à Paris. Les lettres parlent de l'école et de la santé de Sarah. Il y a aussi un document bancaire. Chaque moi, André Tézac envoyait de l'argent aux Dufaure pour Sarah. Pendant dix ans, le père d'Édouard avait aidé Sarah à sa façon. Je trouve aussi des photos

– une grande et mince jeune femme de dix-huit ans. La bouche sourit mais les yeux sont tristes.

Les grandes vacances sont arrivées et Zoë part pour l'Amérique. Je vais la rejoindre chez ma sœur Charla, le 27 juillet. Bertrand, lui, prend ses vacances en août.

L'appartement de la rue de Saintonge sera prêt en septembre. Mais je n'ai pas envie d'habiter là-bas. Il y aura toujours le souvenir du placard secret. C'est difficile de ne pas pouvoir en discuter avec Bertrand. J'ai promis à son père.

Nous sommes le 15 juillet. Mon ***avortement*** est prévu pour demain – jour de la commémoration de la rafle du Vél d'Hiv. J'arrive seule à la clinique. Bertrand est à Bruxelles. Je repense à son sourire quand je lui ai annoncé que j'acceptais d'avorter. Je m'assois sur mon lit et prends les papiers de Sarah. Comment la retrouver ? L'adresse inscrite sur les lettres de Jules n'existe plus. J'ai décidé de contacter les personnes au nom de famille Dufaure. Il y en a beaucoup. Je parle à une Nathalie Dufaure. Je lui raconte mon histoire et elle me dit que son grand-père s'appelle Gaspard Dufaure et qu'il habite près d'Orléans. Elle propose de le contacter et de me prévenir quand elle lui aura parlé.

Je dors mal. Le matin, je regarde les messages sur mon téléphone. Il y en a un de Nathalie Dufaure. Son grand-père accepte de me rencontrer et de me raconter

1 *un avortement*, fait d'avorter, voir note p. 45

l'histoire de Sarah Dufaure. Elle propose que nous y allions ensemble.

Mon cœur bat très fort. Puis on frappe à la porte. Une infirmière entre dans la chambre. Soudain, je me lève et lui dit :

« Je suis désolée. J'ai changé d'avis.

- Mais madame... »

Je m'habille et quitte rapidement la clinique. 16 juillet 2002. Mon bébé. J'ai envie de pleurer et de rire. Je vais avoir cet enfant.

Il y a environ deux mille personnes rassemblées devant la place de commémoration. Les survivants. Leurs familles. Le premier ministre. Des journalistes. Des photographes. Franck Lévy. Des milliers de fleurs. Guillaume est avec moi. Le premier ministre, Jean-Pierre Raffarin prend la parole.

« Il y a soixante ans, le premier acte de la ***Shoah*** s'est joué ici, au vélodrome d'hiver, avec la complicité de l'État français. Cette année, comme chaque année, nous sommes réunis en ce lieu pour nous souvenir. »

La ***foule*** écoute le discours en silence.

Je quitte Guillaume. Je dois retrouver Nathalie Dufaure qui doit m'emmener chez son grand-père.

Gaspard Dufaure habite dans une jolie petite maison près d'Orléans.

« On nous avait dit que Sarah avait été adoptée par

la Shoah, l'Holocauste, voir note p. 21
la foule, voir note p. 18

mes grands-parents parce que ses parents étaient morts pendant la guerre, dit-il. Après la mort de mes grands-parents, mon père m'a dit que le vrai nom de Sarah était Starzynski et qu'elle était juive. Il y avait quelque chose de triste en Sarah.

- Vous a-t-elle parlé de son frère ? De ses parents ?

- Jamais. C'est mon père qui m'a raconté. »

Nathalie l'interrompt.

« Qu'est-il arrivé à son frère ?

- Je te raconterai une autre fois. C'est une histoire très triste. »

Silence.

« Monsieur Dufaure, dis-je, je voudrais savoir où est Sarah maintenant. Pouvez-vous m'aider ?

- Et moi j'aimerais savoir pourquoi cela est si important pour vous. »

Je raconte comment Sarah est entrée dans ma vie et que c'est important pour moi de la retrouver pour lui dire que nous n'avons pas oublié. Gaspard continue son histoire.

« Sarah a quitté la France pour les États-Unis en 1952.

- Pourquoi là-bas ?, demandai-je.

- Elle nous a dit qu'elle voulait vivre dans un pays qui n'avait pas été directement touché par l'Holocauste. Nous étions tristes. Nous ne l'avons jamais revue. Elle a envoyé quelques lettres à mes grands-parents. Puis une carte pour annoncer qu'elle s'était mariée. Puis, plus de courrier. »

Gaspard fait une pause.

« Trouvez-la, je vous en prie. Elle me manque à

moi et à mon frère. Dites-lui que nous l'aimons et que nous l'embrassons. »

De nouveau seule à la maison. Mon téléphone sonne. C'est Joshua.

« J'appelle juste pour dire que tu as fait du bon travail. Ton article sur le Vél d'Hiv a beaucoup de succès.

- Oh, merci.

- Mais il manque quelque chose, à mon avis. Ton article aurait été parfait si tu avais pu interviewer d'anciens policiers de la rafle. »

Il a raison. Il n'y a rien sur les sentiments de la police dans cette affaire. J'avais seulement pensé aux enfants du Vél d'Hiv. À une enfant en particulier.

Le téléphone sonne de nouveau. C'est Nathalie Dufaure.

« Julia ! J'ai trouvé la carte postale de Sarah. Son dernier courrier. Elle écrit le nom de son mari. »

Je prends vite un stylo.

« Et le nom est... ?

- Richard J. Rainsferd. La carte est datée du 15 mars 1955. Pas d'adresse. »

Je remercie Nathalie et appelle ma sœur. Charla veut bien m'aider à le retrouver.

J'entends la porte d'entrée. Mon mari, de retour de Bruxelles.

Il vient dans le salon et me prend dans ses bras.

« Je ne l'ai pas fait, dis-je.

- Je sais, répond-t-il. Le docteur m'a appelé. Quand je t'ai dit que je ne me sentais pas prêt à avoir cet enfant, je le pensais. Tu as fait ton choix. Maintenant, voilà ma décision. J'ai besoin de temps à moi, seul. Toi et Zoë, vous vous installerez rue de Saintonge après l'été et moi, je trouverai un logement pas trop loin. Je verrai si je m'habitue à cette ***grossesse***. Si ce n'est pas le cas, nous divorcerons.

- La seule chose qui compte maintenant, c'est Zoë. Il faut que nous lui parlions. Il faut la préparer à tout ça », dis-je.

Je quitte le salon. Je sens que tout a changé. Je n'ai pas peur qu'il me quitte.

Charla vient me chercher à l'aéroport. Je suis tellement contente de la voir. Charla ne sait presque rien de la France. Je lui raconte la rafle, les camps, Paris en juillet 1942, la rue de Saintonge, l'appartement, Sarah, Michel. Elle devient très pâle.

« Et Richard J. Rainsferd. C'est le nom de son mari, dis-je.

- J'ai trouvé son adresse, dit Charla. Mr et Mrs J. Rainsferd, 2299 Shepaug Drive. Roxbury Connecticut. »

J'hésite un instant.

« C'est vrai ? Qu'est-ce que je fais, alors ? J'y vais ?

- Oui, vas-y ! », dit Charla.

Je suis arrivée. Je suis très nerveuse. Que vais-je dire à Sarah Starzynski ? Mais ce n'est plus son nom. Ni Starzynski, ni Dufaure. Elle est Mrs Rainsferd, et ce, depuis cinquante ans.

Je frappe à la porte. Une jeune femme ouvre la porte.

une grossesse, c'est la période pendant laquelle une femme attend un bébé

« Bonjour. Je cherche Mrs Rainsferd. Je ne suis pas sûre que ce soit la bonne adresse. »

La femme sourit.

« C'est bien la bonne adresse. Mrs Rainsferd est ma mère. Je m'appelle Ornella Harris. Un instant. Je vais la chercher. J'habite à côté. Je l'aide à soigner mon père qui est très malade. »

Je tremble. Je vais rencontrer Sarah en vrai.

« Maman, il y a de la visite pour toi », dit Ornella.

Ornella et une femme entrent dans la pièce.

Ce n'est pas Sarah Starzynski. Je suis très confuse.

« Je suis désolée, vraiment... » dis-je en reculant.

Ornella et sa mère me regardent très surprises.

« Vous n'êtes pas la Mrs Rainsferd que je cherche.

- Comment ça ? dit Ornella.

- Je cherche Sarah Rainsferd, dis-je. Je me suis trompée. Excusez-moi. »

Je quitte la maison et me dirige vers la voiture. Je suis terriblement gênée et ***déçue***.

« Attendez ! »

C'est la voix de Mrs Rainsferd. Je m'arrête. Elle vient vers moi et pose sa main sur mon épaule.

« Vous ne vous êtes pas trompée », dit-elle avec un accent italien.

« Que voulez-vous dire ?

- Sarah, c'était la première femme de mon mari.

- Savez-vous où je peux la trouver ?

- Elle est morte. En 1972. Je suis désolée de vous dire ça. »

Je me sens soudain mal.

déçu(e), tu l'es si tu as travaillé dur à un examen mais obtiens une mauvaise note

« Ornella ! De l'eau, vite ! »

Mrs Rainsferd me prend par le bras et me fait asseoir sur un banc.

« Comment est-elle morte ? dis-je.

- Dans un accident de voiture. Ici à Roxbury. Elle avait quarante ans. »

Je suis incapable de dire un mot. Je suis ***bouleversée***.

« Je ne l'ai jamais rencontrée, dit Mrs Rainsferd. J'ai fait la connaissance de Richard quelques années plus tard. Et leur fils...

- Leur fils ?

- Oui, William. Le fils de Sarah.

- Mon demi-frère, dit Ornella.

- Il avait seulement douze ans quand sa mère est morte. Je l'ai élevé comme mon propre enfant. Il vit en Italie. »

Je me sens mieux soudain.

« Mrs Rainsferd...

- Appelez-moi Mara.

- Mara, j'ai besoin de parler à William. C'est très important. Pouvez-vous me donner son adresse en Italie ? »

« Et toi, tu vas entrer dans sa vie et tout bouleverser ! » dit Charla, quand je lui raconte que je veux rencontrer William.

« Non ! Je veux juste qu'il connaisse l'autre côté de l'histoire. »

Deux jours plus tard, Zoë et moi partons en Italie. J'ai promis à mes parents que nous viendrons les voir

1 *bouleversé(e)*, voir note p. 25

plus tard. Mara m'a donné l'adresse de William. Il habite à Lucca. Il est né en 1959, est critique culinaire et sa femme est sculpteur. Ils ont deux enfants. Mara l'a prévenu que j'allais le contacter.

Nous arrivons à Lucca. Il fait très chaud. Je dis à Zoë que j'ai besoin de me reposer un moment et vais m'allonger dans ma chambre. Mes parents ne savent pas pour ma grossesse. Zoë non plus. J'ai hâte de leur annoncer la nouvelle. J'ai aussi hâte de rencontrer William mais je me sens incapable de lui téléphoner. J'attends un peu. Zoë entre dans la chambre un moment plus tard.

« Ça va ?

- Oui mon cœur.

- Maman, est-ce que Papa sait que nous sommes ici ?

- Non, il ne sait pas, ma chérie.

- Papa et toi, vous vous êtes disputés ?

- Oui. Papa n'est pas d'accord pour je cherche à en savoir plus sur Sarah. »

J'avais raconté l'histoire de Sarah à Zoë. Elle sait que nous sommes en Italie pour rencontrer son fils.

« Pourquoi n'appelles-tu pas William Rainsferd, Maman ?

- Tu as raison, ma chérie. »

Je prends le téléphone en tremblant.

« Allô ? » dit une voix masculine au bout du fil.

« Bonsoir, dis-je. C'est Julia Jarmond.

- Bonsoir. Voulez-vous que nous nous voyions demain ?

- Très bien, dis-je.

- Il y a un beau café près du Palazzo Mansi. À midi ?

- Parfait, dis-je. Hum... et comment nous reconnaîtrons-nous ?

- Ne vous inquiétez pas. Je vous trouverai. Au revoir. »

« Julia Jarmon ?

- Oui, c'est moi. »

Je découvre un homme grand et musclé, d'environ quarante ans. Il s'assoit en face de nous.

« Bonjour, dit Zoé.

- Bonjour », dit William à Zoé.

Puis, il se tourne vers Julia.

« Alors, vous êtes journaliste ? À Paris, d'après ce que j'ai vu sur Internet ?

- Oui. Merci beaucoup d'être venu.

- Je vous en prie. Que puis-je faire pour vous ? Mara m'a dit qu'il s'agissait de ma mère.

- Il se trouve que je vais emménager dans l'appartement où elle vivait pendant la guerre. Rue de Saintonge, à Paris. Je connais des gens qui ont été proches d'elle. C'est pour ça que je suis ici et que je voulais vous voir. »

William m'écoute calmement.

« Ma belle-famille, les Tézac ont rencontré votre mère, rue de Saintonge, en 1942. Après les évènements tragiques et la mort de votre oncle, je tenais à vous dire que la famille Tézac n'a jamais oublié votre mère.

- Que voulez-vous dire par « évènements tragiques ?

- Eh bien, la rafle du Vél d'Hiv... les familles juives regroupées en juillet 1942, les camps...

- Je ne vois pas ce que ça a à voir avec ma mère. »

Je suis gênée.

« Vous avez parlé de la mort de mon oncle ? dit-il.

- Oui... Michel. Le petit frère de votre mère. »

Silence.

« Michel ? Ma mère n'a jamais eu de frère du nom de Michel. Je n'ai jamais entendu parler de la rue de Saintonge. Je pense que nous ne parlons pas de la même personne.

- Le prénom de votre mère est bien Sarah ?

- Oui, Sarah Dufaure.

- Oui, Sarah Dufaure. Ou plutôt Sarah Starzynski.

- Pardon ? Sarah qui ?

- Starzynski. Le nom de jeune fille de votre mère.

- Le nom de jeune fille de ma mère était Dufaure. Je crois que vous vous êtes trompée de Sarah. »

Je réalise qu'il ne sait rien. Il faut partir avant de détruire la vie tranquille de cet homme. Je me lève. Lui aussi.

Avant que j'aie pu dire un mot, Zoë sort quelque chose de mon sac et le met sur la table. William regarde la photographie de la petite fille à l'étoile jaune.

« C'est votre mère ? demande Zoë.

- Mon Dieu ! » dit-il. Il se rassoit sur sa chaise.

« On dirait vraiment ma mère enfant, dit William. Je ne comprends pas. L'étoile... »

Je regarde son visage ***perplexe.*** C'est sûr. Sarah n'a jamais parlé de son enfance ni de sa religion. Elle a

| *perplexe,* qui hésite dans une situation confuse

rompu avec son passé et c'est pour ça qu'elle avait cessé d'écrire aux Dufaure.

« Pourquoi êtes-vous venue jusqu'ici ?, demande William.

- Je croyais que vous saviez. Je suis venue parce que ma famille n'a jamais oublié ce qui s'est passé en 1942.

- Non, non, non. Ce n'est pas possible. Ma mère est française. Cette petite juive, ça ne peut pas être elle.

- S'il vous plaît. Écoutez-moi. »

William se lève rapidement

« Écoutez, je ne veux plus jamais vous voir. Ni entendre encore parler de tout ça. »

Puis il disparaît.

Zoé et moi restons assises un moment sans rien dire. Tout ce voyage pour rien. Je suis épuisée. Je me lève pour rentrer à l'hôtel et vois que je ***saigne***. Puis je ***m'effondre*** par terre.

Je me réveille à l'hôpital.

« Maman, tout va bien. », murmure Zoë.

Une infirmière arrive dans la chambre.

« Ça va aller, signora, dit-elle.

- Et le bébé ?

- Le bébé va bien. Il faut vous reposer maintenant. »

Elle quitte la chambre.

« Maman, pourquoi tu ne m'as rien dit pour le bébé ?

- J'allais le faire, ma chérie.

rompre, ne plus avoir de relations avec qc ou qn
saigner, perdre son sang, le liquide rouge dans le corps
s'effondrer, tomber soudainement

- C'est à cause de ce bébé que Papa et toi vous vous disputez ?

- Oui.

- Tu veux ce bébé et Papa n'en veut pas, c'est ça ?

- Oui, c'est ça.

- Papa arrive. Je l'ai appelé. Il sera là dans quelques heures. »

Je me sens ***découragée***.

Bertrand arrive, calme, efficace et tendre. Il s'occupe de tous les détails et ne pose aucune question. Nous rentrons à Paris et j'ai ordre de me reposer. Je suis triste et fatiguée. Mes parents viennent pendant une semaine. Ils sont très contents d'être à nouveau grands-parents. Zoë est aussi toute excitée et parle souvent du bébé.

Bertrand a décidé de retarder notre emménagement rue de Saintonge à cause de ma grossesse difficile. Il est présent physiquement mais spirituellement, il est totalement absent. C'est étrange.

Bientôt l'automne. Je pense tous les jours à William Rainsferd. A-t-il oublié ce que je lui ai dit ou mes ***révélations*** ont-elles changé sa vie ?

Un matin de novembre, je vais à l'appartement de la rue de Saintonge. Il est presque prêt. Bertrand a tout organisé, Zoë et moi y emménagerons après la naissance du bébé, en février.

découragé(e), qui n'a plus de courage
des révélations (fpl), on en fait quand on dit à qn des choses qu'il ne savait pas

Je me demande comment je pourrai supporter de vivre dans ce lieu. Le placard n'existe plus, mais cela ne change rien pour moi.

Mon téléphone sonne. C'est la maison de retraite. Mamé ne va pas bien du tout. Je dis que j'arrive.

Je me dirige rapidement vers la porte. Quelqu'un frappe. J'ouvre.

William Rainsferd.

Je fais un pas en arrière.

« Je dois vous parler. Je n'ai pas trouvé votre numéro, alors je suis venu ici, dit-il.

- Comment avez-vous eu l'adresse ? », demandai-je troublée.

Il sort une enveloppe de sa veste.

« L'adresse était là. Ouvrez l'enveloppe. »

À l'intérieur, il y a un carnet et une longue clef.

« C'est quoi, tout ça ?, demandai-je.

- Quand vous avez quitté Lucca, j'étais en état de choc. J'ai pris l'avion pour Roxbury pour voir mon père. Il est très malade. Il ne peut plus parler. J'ai trouvé cette enveloppe sur son bureau. Il ne me l'avait jamais montrée.

« Pourquoi êtes-vous là ? »

Il y a de la ***souffrance*** dans son regard.

« Parce que je veux que vous me racontiez ce qui s'est passé. Je dois tout savoir. »

Je regarde la clef. Puis le dessin. Un petit garçon avec un livre. Une inscription : « Michel, 26, rue de Saintonge. » Je feuillette le carnet. Des phrases courtes comme un poème.

l *la souffrance,* le fait de souffrir, d'avoir très mal

« L'avez-vous lu ?, demandai-je.
- J'ai essayé mais je ne parle pas très bien français. »
Mon téléphone sonne. C'est Édouard.
« Julia, elle est très mal. Elle veut vous voir.
- J'arrive. »
Je regarde William. Je suis émue de le voir sur le ***seuil*** de cet appartement, à l'endroit même qui avait causé tant de souffrances à sa mère.
« Venez avec moi, dis-je. Je veux vous présenter quelqu'un. »

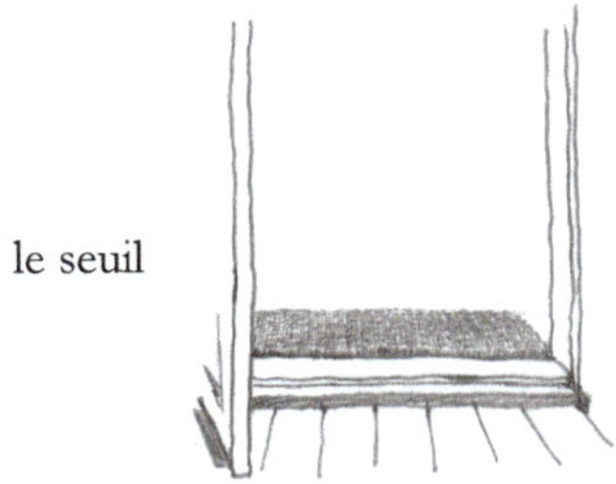

Mamé dort. Elle a le visage fatigué. Toute la famille Tézac est dans sa chambre.
« Qui est cet homme ? », me demande Édouard en voyant William dans le couloir.
« C'est le fils de Sarah. Il est arrivé aujourd'hui.
- Je voudrais lui parler », dit Édouard.
Édouard sort de la chambre. Colette, Cécile et Laure ne comprennent pas ce qui se passe.
Les deux hommes se serrent la main.
« Je suis Édouard Tézac. Je n'oublierai jamais votre mère. Jamais. »
Il a l'air très triste.

« C'est un grand ***soulagement*** pour moi que de pouvoir vous dire ces choses après tant d'années.

- Merci, dit William a voix basse. Ma mère souffrait et je voudrais savoir pourquoi. »

Édouard quitte ensuite la maison de retraite avec sa femme et ses enfants. Ils lui posent mille questions.

William et moi allons dans un café tout près.

« Racontez-moi l'histoire de ma mère », dit William.

Je commence lentement. Quand j'ai terminé, William sort le carnet de l'enveloppe et me le donne sans dire un mot. Je commence à lire à voix haute en traduisant en anglais.

Où es-tu, mon petit Michel ?
Te souviens-tu de moi ?
Moi, Sarah, ta sœur.
Celle qui n'est jamais revenue.
Qui t'a abandonné dans ce placard.
J'ai toujours la clef de notre cachette.
Personne ne sait.
Toi, dans le placard.
Et Maman. Et Papa.
Et le camp.
Et l'été 1942.
Personne ne sait qui je suis vraiment.

Je ne peux pas oublier.
Mon enfant n'efface rien. Je l'aime. Il est mon fils.
Venir dans ce pays était une erreur.
Je pensais tout laisser en arrière.
Ce n'est pas le cas.

1 *un soulagement,* impression qu'on ressent quand un problème est résolu

Cette vie est trop dure à supporter.
J'espère que mon fils me pardonnera.
Il ne saura jamais.

Je pose le carnet sur la table.

« Elle s'est suicidée, dit William. Ce n'était pas un accident. »

Je reste silencieuse.

« Merci, dit-il. Merci de m'avoir tout raconté. »

J'ai envie de le prendre dans mes bras mais je me retiens. Il me demande l'adresse des frères Dufaure. Puis, il se lève et sort.

Je ressens une grande ***solitude***.

New York, 2005

Central Park au printemps. C'est si bon ! Je suis assise sur un banc avec Neil, mon petit ami. Zoë joue avec sa petite sœur.

Après tant d'années à Paris, ce retour aux États-Unis a été particulier. J'ai pris la décision après la naissance du bébé quand Bertrand m'a ***avoué*** qu'il aimait Amélie et qu'il voulait vivre avec elle. Et puis Mamé est morte.

J'ai choisi New York. Ma sœur y habite et mes parents n'habitent pas loin. Zoë a promis à son père de rentrer tous les deux mois pour le voir.

Grâce à Joshua, j'ai trouvé une place de correspon-

la solitude, se sentir seul
avouer, confesser

dante pour un site Internet français. Je travaille à la maison et Bamber m'aide quand j'ai besoin de photos.

Paris me manque. Et Sarah. Elle ne me quitte jamais. Elle m'a changée pour toujours. Je porte son histoire, sa souffrance en moi. J'ai l'impression de l'avoir connue.

Je pense à William aussi. Je cherche des informations sur lui, sur le net. Il habite à New York, lui aussi. Je me demande pourquoi il est revenu aux États-Unis. Je n'ai pas le courage de le contacter.

En janvier 2005, on célèbre les soixante ans de la libération d'Auschwitz. Mes pensées vont de nouveau vers Sarah et William.

Et un jour, le téléphone sonne.

« Bonjour, c'est William Rainsferd. »

Je suis très surprise. Silence.

« Ça va ? dit-il.

- Ça fait longtemps.

- Oui. Je vois que vous êtes une vrai New-Yorkaise. J'ai trouvé vos coordonnées sur Internet. Et si on se voyait ?

- Aujourd'hui ?

- Si vous pouvez, c'est parfait.

- D'accord. »

Nous nous donnons rendez-vous au café Mozart. Mon cœur bat très fort. Je prends la petite avec moi et sors rapidement.

Il est déjà là quand j'arrive.

« Quelle jolie princesse ! », dit-il en voyant la petite. Elle lui tend sa girafe en caoutchouc.

« Et tu t'appelles comment ? demande-t-il.

- Lucy, répond-elle.

- Ça, c'est le nom de la girafe... », dis-je. Mais il ne m'entend pas.

Nous nous installons à une table.

« Vous savez, après ce que vous m'avez dit, tout a changé. Je suis divorcé maintenant, Julia. »

Je ne sais trop quoi dire.

« Ça a été une année terrible.

- Et maintenant, vous allez mieux ?

- Oui. Mais ça m'a pris du temps pour comprendre et accepter l'histoire de ma mère. En janvier, je suis allé à Paris. Chirac a inauguré un nouveau Mémorial de la Shoah, dans le Marais. C'est une pierre où sont gravés 76 000 noms. Le nom de chaque juif déporté de France. J'ai trouvé les noms de mes grands-parents. J'étais profondément triste mais aussi reconnaissant. On ne les avait pas oubliés. »

Il fait une pause et sort des photos de son sac. Des photos de Sarah le jour de son mariage, avec William enfant, à trente ans et enfin juste avant sa mort.

Je suis de plus en plus émue.

« Je me souviens de ma mère comme d'une personne silencieuse, dit William. Personne n'a pensé au suicide quand elle est morte. Même pas Papa. Je suppose qu'il n'avait pas lu son carnet. Personne ne savait qui était ma mère. Et c'est ça, le plus dur à vivre. Elle a gardé toute sa souffrance pour elle seule.

« William, j'ai l'impression d'avoir détruit votre vie.

- Oubliez cette pensée, Julia. »

Il me sourit. Je suis ***soulagée***.

La petite joue toujours avec sa girafe.

« C'est une gentille petite ! Elle s'appelle Lucy, c'est ça ? demande William.

- Non, ça, c'est le nom de la girafe. »

Silence.

« Elle s'appelle Sarah », dis-je.

Il nous regarde toutes les deux sans rien dire et se met à pleurer.

Je prends sa main et la serre fort dans la mienne. Et je pleure avec lui. Nous restons longtemps dans le café. Nos yeux se rencontrent. Cette fois, il n'y a plus de larmes.

1 *soulagé(e)*, voir note p. 53

EASY READERS Danemark
ERNST KLETT SPRACHEN Allemagne
EMC PUBLISHING LLC États-Unis
EUROPEAN SCHOOLBOOKS PUBLISHING LTD.
Royaume-Uni

Un EASY READER est un livre abrégé et simplifié pour en faire une lecture à la portée des étudiants en français. Les structures, mots et expressions employés sont parmi les plus courants de la langue française. Les mots peu usuels ou difficiles à comprendre sont expliqués par des dessins ou des notes.
Pour vos études... pour votre plaisir... Perfectionnez votre français... grâce à EASY READERS.
Les EASY READERS sont également en vente en allemand, anglais, espagnol, italien et russe.

TITRES EN FRANÇAIS DANS LA SÉRIE

Marie Desplechin: Babyfaces (A)
Maurice Druon: Tistou – les pouces verts (A)
Anna Gavalda: 35 kilo d´espoir (A)
Jules Supervielle: Le voleur d'enfants (A)
Olivier Adam: Je vais bien ne t'en fais pas (B)
Pierre Boulle: La planète des singes (B)
Évelyne Brisou-Pellen: Un si terrible secret (B)
Ollivier et Clarinard: Eden (B)
Jean Cocteau: Les enfants terribles (B)
Anna Gavalda: Je voudrais que quelqu'un m'attende quelque part (B)
Christian Grenier: Urgence (B)
Gudule: La vie à reculons (B)
Yaël Hassan: De l'autre côté du mur (B)
Tatiana de Rosnay: Elle s'appelait Sarah (B)
Victor Hugo: Notre-dame de Paris (B)
Maurice Leblanc: Arsène Lupin - gentleman-cambrioleur (B)
Hector Malot: Sans famille (B)
Mikaël Ollivier: Frères de sang (B)
Fred Paronuzzi: Un cargo pour Berlin (B)
Christiane Rochefort: Les petit enfants du siècle (B)
Georges Simenon: Enigmes (B)
Georges Simenon: Maigret et le clochard (B)
Georges Simenon: Maigret et le fantôme (B)
Dominique Torrès: Tu es libre ! (B)
Jules Verne: Le tour du monde (B)
Anne-Laure Bondoux: Les larmes de l'assassin (C)
Isabelle Chaillou: Le dernier défi (C)
Régine Deforges: La bicyclette bleue (C)
Alexandre Dumas: Les trois mousquetaires (C)
Romain Gary (Emile Ajar): La vie devant soi (C)
Guy de Maupassant: Contes du jour et la nuit (C)

Marcel Pagnol: Jean de Florette (C)
Marcel Pagnol: Le château de ma mère (C)
Marcel Pagnol: Manon des sources (C)
Honoré de Balzac: Le père Goriot (D)
Henri Charrière: Papillon (D)
Boris Vian: L'écume des jours (D)

Trouvez tous les titres sur easyreaders.eu.